27000冊ガーデン

大崎梢

双葉社

目次

装画　hagi
装丁　岡本歌織（next door design）

27000冊ガーデン

放課後リーディング

午後一時半を少し過ぎた時間だった。神奈川県立戸代原《とよはら》高校の北校舎、一階奥にある図書館のカウンターで、駒子《こまこ》は出入りの書店員から注文した本を受け取っていた。

雑誌が二冊と単行本や文庫が合わせて五冊。雑誌は赴任前から定期購読されているスポーツ総合誌と隔月刊の科学誌だが、書籍は一冊ずつ自分で考えながら選んだ。高校生が興味を持ってくれそうな伊吹有喜《いぶきゆき》の『犬がいた季節』や青山美智子《あおやまみちこ》の『お探し物は図書室まで』、進路を選択するとき何かしらの参考になるのではと期待してのノンフィクション、さらに外国人から見た日本を描くエッセイ漫画など。

真新しい本を受け取り、読んでもらえますようにと心から祈る。個人的な趣味趣向や熱意が空回りしてはいけない。利用者の年代は高校生に限定されているので、ニーズに合わせられるかどうか。司書の力量は常に試される。やり甲斐《がい》もプレッシャーもある職場だ。

駒子が勤める戸代原高校、通称トヨ高は神奈川県北西部に位置する戸代原市にあり、最寄りのＪＲ駅から歩いて十分ほど。通学手段は鉄道、バス、自転車、徒歩と多彩だ。駅前にはそれなりの商業施設があるものの、五分も歩けば畑が点在しているような土地柄なので校風ものんびりしている。生徒数は一学年二百四十八人前後の七クラス。偏差値的には「中の上」で、成績上位者は名の知れた大学に進む。学習意欲は低くないだろうに、図書館の利用率は神奈川全体で見ても高くない。

　開拓の余地があるということだ。一年半前に赴任し、見よう見まねの月日が過ぎ、二年目の秋。駒子の目標ははっきりしている。利用者を増やしたい。

「そうそう星川《ほしかわ》さん、絵本や児童書のパンフレット、持ってきましたよ」

カウンターの脇から声をかけられ、「ありがとう」と笑みを向ける。戸代原駅前に店を構える「ユーカリ書店」の男性店員、針谷敬《はりたにけい》斗《と》だ。年齢を聞いたことはないが、今年三十四歳になる駒子よりいくつか年下だろう。

　細面でひょろりとして、メタルフレームの眼鏡をかけている。レンズ越しの目は一重まぶたでやや吊り上がっているせいか、冷たくも鋭くも見えてしまうのだけれど、仕事中は目尻を下げて親しみやすさの倍増を常に心がけていると言う。これまで何度も子どものお客さんに恐がられたり泣かれたり、年配のお客さんには応対を避けられたりして、客商売は向いていないのではと悩んだ末に生み出した苦肉の策だそうだ。

　それを聞いてからは取って付けたような営業スマイルへの違和感も薄れ、素を出しているときの冷徹そうな風貌にも臆さなくなった。じっさい話してみると本への造詣《ぞうけい》は深く、アドバイスは的確で柔軟性もある。見かけよりずっと話しやすいので、ちょっとした雑談の相手として申し分ない。

一部の例外を除き、各校の図書館に司書はひとりしかいない。異動の辞令と共に新しい赴任先に移り、引き継ぎはあったとしてもごく短時間。その後はひとりでさまざまな業務をこなしていく。本の貸し出しや棚の整理、発注作業はもちろん、着任校の教育方針を理解し、生徒や先生たちと信頼関係を築いていくのも大事な仕事だ。市中に設けられた公立図書館とは異なり、学校司書は教育課程の展開に寄与し、生徒の教養の育成に努めなくてはならない。

「読み慣れてない子は、文字数の少ない本から親しんでもらえればって思うんですよね。短い話でも読み終えれば達成感が味わえますし。でも対象が高校生となると、『なーんだ児童書か』と見向きもされない可能性もあるわけで。プレゼンの腕が試されますわ」

「プレゼンですか。いいですね。星川さんの攻めの姿勢、いつも勉強になります」

「相手は攻められていると思ってないんですよ。なんでしたっけ、ほら、笛吹けど……」

「踊らず？」

針谷はすかさず応じながら、空いているブックカートに児童書のパンフレットを置き、新しく出た文庫目録も持ってきたんですよと腰をかがめた。出版社が定期的に発行する無料の文庫リストだ。本を選ぶときに重宝する。どこの出版社のものだろう。興味津々でのぞき込んだとき、図書館に飛び込んでくる足音が聞こえた。

午後の授業中なので、図書館の奥に設けられた自習コーナーに三年生がちらほら座っているだけだ。そんな静けさを撥《は》ねのける勢いで、白いシャツに黒いズボン姿の男子生徒が現れる。目の前まで来たところで「おおっ」と思う。

「今井くんじゃないの。どうしたの」

　二年C組の今井《いまい》聡史《さとし》。本をよく借りてくれる顔見知りの子だ。向こうから話しかけてくることはめったにない。頻繁《ひんぱん》に声をかけてくる生徒と、そうでない生徒は男女を問わず明確に分かれていて彼は後者。静かに本を選び借りていくのが常なのに、今はただならぬ雰囲気をまとっている。

「先生、大変なんだ。このままだとおれ、殺人犯にされてしまう」

　眉をひそめ耳を疑う。聞き間違いだろうか。そうでなければゲーム？　学園祭で上演する劇の話？　演劇とは無縁に思えるけれど。

「いきなり物騒なこと言わないでよ。驚くでしょ」

「ほんとうの、ほんとうなんです。昨日、すごく信じられないことが突然起きて」

「ちょっと待って。よくわからないけど、困ったことがあったなら担任の先生に話した方がいいんじゃない？　誰だっけ、君の担任。えーっと」

　聡史は首を横に振り、カウンターの上に置かれたプレートを指さした。そこには「相談したいことがあったら　なんでも声をかけてね」と書いてある。駒子はあわてて首を横に振り返した。自分の指先でその上の一文を強くなぞる。

「『本について』ってあるでしょ」

「だから、本についてです。おれの話を聞いてください」

「殺人犯の話でもあるわけ？」

真顔でうなずかれ、二の句が継げなくなる。そう簡単に殺人事件が転がっているはずもないが、力ずくで追い出すわけにもいかない。どうしたものかと考えるそばから彼はしゃべり始めた。

「昨日おれ、ここで借りた本を持って帰って、家に着く前にどこかに寄ってこうと思ったんです。本を読むために」

「家で読まないの？」

「うちには双子の弟がいて、まだ小学生だからすっごくうるさいんです。学校の勉強はやかましくても我慢するとして、本くらい静かに浸《ひた》りたいじゃないですか。ちょうどいい場所をいくつか見つけてて、そのひとつが古い工場です。もうずっと前に潰れたみたいで、人の気配はまったくなくて、いつもがらんとしています。昨日は放課後、そこに行きました。建物の正面の扉は、こう、シャッターがおりてびくともしないんですけど、左右に通路があります。そのうち左側は狭くて草ぼうぼうで歩けない。でも右側は幅が二メートルくらいあって、昔は車が出入りしていたんじゃないかな。今は白っぽくて四角い幌《ほろ》で塞《ふさ》がれているけど、ぺろんと剥がれているところもあって中に入れます」

思い浮かべながら、駒子は思ったことを口にした。

「今は無人でも所有者はいるでしょ。勝手に入ったらダメよ」

「はい」

不法侵入であることはわかっているのか、聡史は神妙な面持ちになる。

「中に入ると、壁が崩れて鉄骨がむき出しになった三階建ての建物があります。潰れたときに壊そうとしたけどそのままになった感じ。造りはしっかりしているので、いつも一番手前の階段を上り、二階の板の間に腰を下ろして本を読むんです。昨日もそうやって文庫をめくっていたら、いつの間にかうとうとしたらしくて。急に人の声が聞こえてハッとしました」

聡史はさらに話を続けた。

自分のいた場所よりもっと奥の、もうひとつの階段を上がったあたりがざわついている。怒鳴っているような悲鳴をあげているような不穏な声と声。複数の足音や金属のぶつかる音も聞こえる。喧嘩《けんか》だろうか。大人数ではなさそうだが。あわててコンビニで買ったパンやペットボトルをかき集め、鞄に押し込む。巻き込まれたくない一心だ。

気配を消して立ち去ろうとしたそのとき、どすんと鈍い音がした。

重たいものが堅いものに激突するような音。同時に起きるわずかな振動。

あたりはにわかに静まりかえった。入り乱れていた雑多な音や声がぴたりと止み、雑草を揺らす風の音だけがかさこそと聞こえる。

「おれ、何が起きたのか知るのもこわくて、夢中で階段を下りて、幌をくぐってその場から走り去りました」

駒子は結んだ唇に力を入れた。相槌《あいづち》さえ打ちにくい話だ。

「しばらく走って家にたどり着いたんですけど、やっぱり気になって、そのまま中に入れず家のまわりをうろうろして。そしたら遠くからサイレンが聞こえてきました。もしかしてと音のする方に行ってみたら、まさしくさっきの場所に、救急車やパトカーが何台も駐まっていました。通報した人がいたんですね。救急車が来てるってことは、誰かが病院に運ばれるってことでしょう？　ふつうの怪我だったのかな。すごく恐いことを想像しちゃったけれどそうでもなかったんだなとほっとして、家に帰りました」

　自宅では弟たちのやかましさにもめげず予習と復習に精を出し、スマホもほとんどいじらずベッドに入った。

　そして翌日の今日も普段どおりに登校し、午前の授業を受けたのだけれど、昼休み、不意に図書館の本をなくしていることに気付いた。鞄から出した記憶はないので、見あたらなければ自宅にもないだろう。

　恐る恐るニュースを検索してみると、廃工場で無職の男性の転落死体が発見されたと報じられていた。怪我をしたのではなく亡くなっている。身元は判明していない。あの場には他に誰かいたはずなのに、それについては書かれていない。警察が来る前にそいつも逃げたのだろうか。

「本を落としたとしたらあの場所です。警察は絶対見つけます。死んだ人の近くに不審物があったとしたら、突き落とした犯人の持ち物だと思うかもしれない。図書館のシールが貼ってあるから高校はすぐ突き止められます。もしかして、もう来たんじゃないですか。まだだとしても来ます。そしたら、先生がその本を借りたのがおれだって教えますよね。取り調べのために、警察に連れて行かれる」

切羽詰まった聡史の声に、駒子は人差し指を立てて「静かに」と注意した。

自習コーナーの生徒が怪訝《けげん》な顔でこちらを向いたので、「ごめんね」のポーズを送る。離れているので話の内容は聞かれなかったらしい。また自習に戻ってくれる。

「君の話はだいたいわかった。じっとしてられない気持ちもわかった。それでなんだけど、私からもひとつ、君に話したいことがある」

「先生が、おれに？」

「そうよ。大きな声を出さないで静かに聞いてほしい。約束してくれないなら言わないわよ」

「約束します。けど……」

駒子はカウンターの内側に設置されている物入れから、一冊の文庫を取り出した。宮部《みやべ》みゆきの『心とろかすような』だ。聡史に向かって差し出す。

「君がなくした本って、たぶんこれだよね？」

聡史は目を剝《む》いて固まり、口をぱくぱくさせてから、震える声で言った。

「先生、あの場所にいたんですか。つまり、犯人はせんせ……」

すべてを言い終わる前に、空いている方の手で彼の頭をごく軽くはたいた。

「んなわけないでしょ。やめてよ。人聞きの悪い」

「でも」

「届けてくれた人がいたの。君さ、今までもうっかり落とし物をしたり置き忘れたりすること、あったんじゃないの？」

「今までって、近所の公園のベンチとか？」

「ほらね。あるんだ」

「いやあれは、ドッグランがあるような大きな公園で、いい感じの木陰に背もたれの角度がばっちり合っているベンチが設置されてるんですよ。ちょっとだけうっかりして置き忘れたんですけど、となりの家のおばさんが気付いてうちに届けてくれました。たまたまですよ、たまたま」

「そうやってお気に入りの場所があって、のんびり本を楽しむのはいいけど、もっと気をつけなきゃダメよ。図書館の本はみんなの本なんだから。個人の持ち物でも、もちろん管理はしっかりね」

　たしなめながら駒子はバーコードリーダーを手に取った。これは返却しておくと言うと、聡史がにわかに手を伸ばし、駒子の腕を押さえた。

「待ってください」

「なに？　また借りてく？　読みかけだっけ」

「そうじゃなくて、この本をどんな風に受け取ったんですか。事件現場に落ちていた本ですよ。誰が拾ったかは重大問題です」

　まわりを気にして押し殺した声だったが、詰め寄られて駒子は仰《の》け反《ぞ》る。

「いつ、誰から受け取ったのか、正確に今ここで答えてください」

「大げさなこと言わないで。今朝よ。一時間目の始まる少し前。このカウンターに生徒が来て……」

「生徒！」

「どこかで誰かから預かったんだと思う。その子は頼まれたようなことを言ってたから」

「何組の誰ですか」

とても言えないと思った。すっかり頭に血が上っている聡史は、変に勘ぐって、物騒な言葉をまき散らすのが落ちだ。親切で届けてくれたのに、疑惑をぶつけられる相手が気の毒すぎる。

「それは答えられないな」

「どうして。おかしいです」

駒子は時計に目をやった。もうすぐ五時間目の授業が終わり、休み時間に入る。自習以外の生徒も現れる。どうしたものかとため息をつき、その拍子《ひょうし》にしゃがみ込んでいる針谷に気付いた。

注文した本を納品に来てくれた彼は、突然の成り行きに動きようもなく、じっと固まっているのだ。

カウンター越しに聡史も目を向けて息をのむ。騒がれる前に、針谷は立ち上がった。

「ごめん。文庫目録を出そうとしてたら君が入ってきて、いきなり話が始まったんだ」

「聞いてたんですか」

「そりゃね。誰にも言わないから安心してよ。約束する」

「今井くん、この人は駅前にある書店の店員さんで、針谷さんというの。今日も新しい本を配達しに来てくれたのよ」

聡史は怯えたように身をすくませた。眼鏡越しの鋭い眼差《まなざ》しに圧倒されたのか、不安と焦りで混乱しているのか。針谷は自分の目尻に気をつけている様子で、精一杯と思われる優しい声《こわ》音《ね》で言った。

「星川先生、本を持ってきてくれた生徒に、詳しい話を聞きに行ってはどうですか。戻ってくるまで、ぼくがここで今井くんと待ってますよ」

「針谷さんが？」

「ええ。もうすぐ休み時間ですよね」

聡史がおかしな暴走をしないよう見張っているという意味にちがいない。

「すみません。お忙しいのに」

「いえいえ。乗りかかった舟という言葉もありますから」

思い切り下げられた目尻に、駒子はうなずいた。遠慮している余裕も迷っているひまもない。休み時間のうちに話を聞いて聡史を落ち着かせたい。その先のことはその先だ。

*

駒子が学校司書になったのは七年半前、二十七歳の時だ。本を扱う仕事に憧れ大学で司書の資格を取り、卒業後は公共図書館でアルバイトをしながら正規職員を目指した。数少ない募集枠に挑戦し続け、神奈川県の採用試験に合格した。

　最初の赴任先は川崎《かわさき》市内にある工業高校だった。二年後に統廃合されることが決まっている学校で、駒子自身は経験値の低い新人なのに、長い歴史を持つ図書館を閉じる作業が課せられた。ようやく憧れの仕事に就いたのにと複雑な思いで着任したが、新一年生のいない二年生や三年生にも、似たような割り切れなさがあるのだろうと気づき、うつむくのはやめた。

　人生にふたつとない高校生活と、人生で初めての赴任校。決められた幕引きに向けて淡々と進むだけではなく、もっと明るく伸びやかな体験ができないものだろうか。いっそ逆に考えてはどうだろう。新しいことを見つけたり作ったりは誰にでもできる。どこでもできる。そう発信したい。他ならぬ図書館から。

　生徒や先生にしつこく掛け合い、試行錯誤の末に図書館のテーマを「ここから始める」に決めた。二回目、三回目を開催するあてがなくても、あえて「第一回○○大賞」という企画をいくつもひねり出した。たとえば「校内図で図書館の位置を正確に描いた大賞」「歴史漫画読破大賞」「文豪クイズ大賞」など。受賞者をたたえ、関連図書を派手に展開した。空回りは多々あったけれど生徒の笑顔をたくさん見ることができた。

　終わりが見えていたからこその活動だったのだと、振り返って思う。失敗を恐れず、繰り返し無茶ができた。喜怒哀楽の激しい二年間だった。

　ふたつめの赴任校、トヨ高のひとつ前の学校は、工業高校とはまったく異なっていた。偏差値も知名度も高い都会の進学校で、図書館運営についても学校側で方針が決められていた。事細かく指導を受け、言われたとおりにしていれば波風は立たない。やる気や頑張りは、率直に言って嫌厭《けんえん》される。相手に合わせているうちに従順さが身につき、静かな図書館でひっそり過ごし、丸四年で異動となった。

今思えばこの二校は極端な例だった。ほとんどの学校は司書の意見に耳を傾け、話し合いやら擦り合わせやら、協力体制を取ってよりよい成果を目指していく。今のトヨ高にはそれがあり、駒子はキャリアの八年目にしてようやく、長期的視野を持って自分で考え動けるようになった。

これからだ。焦らず騒がず着実に、図書館を、棚を、育てていきたい。それが生徒の育成にも繋がるはずだ。

そんなことを考えながら、駒子は東校舎の二階に向かった。二年A組に目指す相手がいる。二階の廊下に立ったとき、チャイムが鳴って五時間目が終了した。間もなくA組のドアが開き、数学の先生が退出していく。見送ってから、がやがやと出てきた生徒を捕まえ、小《こ》泉《いずみ》円《まど》香《か》という女生徒を呼んでもらった。

「図書の先生ですよね。どうしたんですか？」

円香は廊下に出て来るなり、くるんと上がった睫《まつげ》をパチパチ動かした。手入れの行き届いたセミロングの髪の毛は、にこやかな笑みにつられるように軽やかに揺れ、制服であるチェックのスカートは丈が短め。白いシャツの襟元に紺色のタイは結んでいない。

「朝、文庫を持ってきてくれたでしょ。あれについて聞きたいことがあって」

「えー、わざわざ来てくれたんですか」

「預かったと言ってたけど、詳しく教えてくれる？　いつどこで誰から渡されたのかしら」

蜂蜜《はちみつ》を舐《な》めたようにぷるぷるとした唇がきゅっとすぼまった後、ゆっくりほどける。

「私、となりの種川《たねがわ》市に住んでいるんです。種川駅から私鉄に乗り換えて三つ目の、江沢《えざわ》駅で降りて、そこから歩いて十分ちょっとのマンションです。本を渡されたのは江沢駅のすぐ近く。電車の時間を気にしながら歩いていたら、『君、戸代原高校の生徒だよね』って声をかけられて」

「何時ごろ？」

「今朝の、八時前くらい」

「どんな人だった？」

「中年のおじさんです。お父さんと同じくらいかな。知らない人で」

「なら、びっくりしたでしょ」

円香は大きくうなずく。

「とっさに『やだあ』って思いました。でもその人はすぐに本を差し出して『これ、散歩の途中で拾ったんだ』って。本に貼られているシールを見たら、うちの学校名がありました」

「散歩の途中と言われたのね。具体的にはどこで見つけたのかな」

「さあ。聞いてないです。でもあの本を落としたの、Ｃ組の今井くんじゃないですか」

駒子は目を見張った。

「どうしてそれを」

「やっぱり。今井くんも種川市に住んでるんです。最寄り駅も江沢駅で同じ。ただ学区の関係で小中学校はちがっていました。高校で同じ学校になって、ときどき電車が一緒なんですよ。それに、学校帰りに本を読んでいるところを見かけたことがあります」

「もしかして公園のベンチとか？」

「それもあったかな。あとは駅のベンチとか、スーパーを出たところにある自動販売機の横の椅子とか、商店街の途中にある休憩所とか」

　駒子は思わず、「いろいろあるのね」と肩をすくめる。

「ふつうに図書館で読めばいいのに。建物の中の方が快適で静かでしょ」

「前に聞いたら、外がいいんですって。開放感があって」

　高原の木陰ならまだしも、円香が目撃した場所は駒子からすると理解できない。不満げな顔を円香に笑われた。

「今井くんってちょっと変わってますよね。ああ、本人には内緒ですよ。でも、いっつも本を読んでいて偉いなと思ってるんです。私は教科書がやっとだから。図書館がどこにあるのかも知らなくて。今日も、クラス委員の子に場所を聞きながら行ったんです。私にとっての記念すべき初図書館」

「いつでも大歓迎よ。また来て。とはいえ、今井くんに渡そうとは思わなかったの？」

「ちがうかもしれないし。それに、駅前で男の人から『学校の図書館に行って、司書の先生に渡せばいいよ。なくなるのが一番困るから、きっと喜ばれるよ』って言われたんです。私がどうしていいかわからない顔をしてたからですね」

「素晴らしい。的確なアドバイスだわ。あなたが持ってきてくれてほんとうに助かったもの」

「そうですか。よかった」

ひととおり聞き終わったところでチャイムが鳴った。廊下にいた生徒たちが教室に入っていくので、駒子もありがとうと礼を言って円香と別れた。

ぼんやりはしていられない。休み時間には本を借りたい子や返したい子がやってくるので、ほんとうなら司書はカウンターにいなくてはならない。幸い、元図書委員が自習コーナーにいたので臨時の手伝いを頼んだ。そちらにも礼を言わなくては。もちろん針谷や聡史も気になる。


急ぎ足で戻ると本を抱えた生徒とすれちがった。元図書委員が貸し出しの手続きをしてくれたのだ。司書は学校にひとりきりなので、カウンターから離れるのは授業中にしているが、どうしても休み時間にいられないとき、あるいは研修会などの外出時は図書委員に協力してもらう。

委員は各クラスにふたりいて、主な活動は放課後のカウンター業務や棚の整理、清掃などだ。コーナー作りへの参加も積極的に呼びかけている。このあたりはどこの高校も同じだ。工業高校のときは女子生徒が少なかったので委員も男子が多く、じゃんけんで負けたから仕方なくというやる気のなさだったが、カウンター業務は嫌いではないらしく、「お店屋さんごっこ」の顔をしているのが微笑ましかった。

　トヨ高は委員会活動より部活が盛んなのであてにできないところもあるが、時間をやりくりして関わってくれる子もいて活動はスムーズだ。のんびりした子に向いている作業でもある。

　手伝ってくれた子に礼を言い、彼女が自習コーナーに戻るのを待って、針谷にも最大限の謝辞を伝えた。六時間目が始まるが、聡史は「それどころじゃない」の一点張りだ。

「本を預かった生徒には会えたんですか」

　針谷にも言われ、ふたりをカウンターの裏にある準備室へと招き入れた。事務仕事をするための机や椅子、コピー機、各種キャビネットに加え、奥には洗面所もついている。窓が広く取られているので明るく、昼には持参した弁当をここで食べる。

　別に書庫もあって、利用頻度が減った本を棚から下げて保管している。スペースに限りがあるのでいつまでもは置いておけず、定期的に破棄するのも仕事のうちだ。資料的価値を考慮しなくてはならないので、単純に古いものから処分するわけにはいかず、選別は常に悩ましい。

「本を渡してくれたときにクラスと名前を言ってくれたから、休み時間に会うことができたの。話も聞いてきた」

「なんて言ってました？」と聡史。

　落ち着くように片手で制してから駒子は話を続ける。

「今井くんの家は種川市にあって、最寄り駅は私鉄の江沢駅なのかな」

「そうです」

「学校の帰り道に寄った問題の倉庫は、家の近くにあるのね？」

「はい」

「そのあたりを散歩していた人が拾ったみたい。今朝、江沢駅の近くで、うちの学校の生徒に渡したのよ。本には『戸代原高校　図書館』ってシールが貼ってあるから、図書館に持って行くようにと生徒に言ったそうなの」

　聡史はしばらく黙り込んでから口を開いた。

「どこで拾ったのかな」

「具体的なことは言わなかったらしい。散歩の途中なら、どこかの道端じゃないかな。君が工場から出て家に帰る道のどこか。気が動転してたなら、手からこぼれ落ちるのは十分考えられるでしょ」

「はい。でも自分の行動を思い返したんですけど、工場から出てひとつ目の角を曲がったところで、おれ、まだ手に持っていたコンビニの袋なんかを鞄に押し込んだんです。ついでにまわりをきょろきょろしたけど、道には何もありませんでした。なのでもし落としたとしたら、工場の出入り口からひとつ目の角までの短い距離ってことに……」

「そのとき、まわりに人はいなかった？」

　駒子の問いかけに聡史はぎょっとした。たった今、近くに誰かいるかのように身を縮める。

「どうしたの」

「だって、いなかったと思うけど、いたのかもしれないと想像すると気味が悪くて」

「ごめん。恐がらせて。散歩している人がいたかなと思って」

聡史は自分を落ち着かせるように図書準備室を眺めてから息をついた。

「おれが曲がり角にいたのは幌をくぐってすぐのタイミングなんだから、犯人はまだ工場内にいましたよね」

「出入り口は一カ所だけなの？」

「だと思うけど」

放置されている工場ならば、塀のどこかが崩れていてもおかしくない。犯人がそこから抜け出し、聡史が逃げたのと同じ方向に走れば遭遇した可能性もある。そんな考えがよぎったが、刺激する話は避け、別のことを口にした。

「ねえ今井くん、本のことはさておき、人が亡くなっているんだから、警察にちゃんと届け出るべきじゃないかな。今日帰ったらおうちの人に相談しなよ」

「えっ。なんでですか。話すようなレベルではぜんぜんなくて、おれは工場にいるにはいたけど言葉をハッキリ聞いたわけではないし、何も見てないし。いなかったのと同じです。本を拾ったのが散歩してた人なら、もう関係ないっていうか、ふつうの落とし物ってことでしょう？びびりすぎて馬鹿みたいだ。先生、この本は返却しておいてください」

聡史は唐突にまくしたて、駒子に本を押しつけた。自分に絡みついているものを振り払うように踵《きびす》を返し、準備室を出て行く。そのままおそらく図書館も。

後に残され、駒子は針谷を振り返った。ともかく礼を言わなくては。

「助かりました。ありがとうございます。ひとりじゃおろおろするだけでした」

「いきなり殺人犯なんて言われたら、誰でも驚きますよ」

「まさかほんとうの話だったなんて」

　針谷はうなずき、手にしていたスマホの画面を見せてくれた。駒子が円香のもとに行っている間に検索したらしい。種川市で発見された転落死体の記事だ。見出しからすると、事件と事故の両方から捜査が進められているようだ。

　細かい文字を追う気にはなれず、針谷に尋ねた。

「亡くなった方の身元はわかったんでしょうか」

「今日の正午の記事ではまだのようですね」

「今井くんの話からすると、長いこと工場に人の気配はなさそうだったのに」

「星川さんがいない間、少し彼に聞いたんですけど、まわりは空き地や駐車場といった殺風景なところで、ふだんから人通りは少ないそうです。繁華街から離れているので、怪しい人間が出入りしてる形跡もなかったと」

「だったら工場の関係者かもしれませんね。いつまでもほったらかしにはしておけず、今後について話し合っているうちに口論になり、その声を今井くんは聞いた」

　名推理を披露したつもりだったが、針谷は首を傾げるように動かす。そして「転落死の件は？」と聞き返された。目尻がツンと上がったままなので、怜悧な面差しと相まって、難事件に立ち向かう敏腕刑事を彷彿《ほうふつ》させる。あくまでも映画やドラマのイメージだが。

「言い争いでどちらも興奮してしまい、ひとりがあやまってバランスを崩したとか。あちこち脆《もろ》くなっていたとしたら、床を踏み抜いたとか」

「それは十分考えられます。でも身元については、工場に関わりのある人に聞けばすぐにわかると思うんですよ。閉鎖されていても関係者は複数いるでしょう？　写真を見せていけば『ああ、あの人』とピンと来る人がいてもおかしくない」

「たしかに。警察はそこを真っ先に調べますよね。口論の相手も工場関係者ではないのかしら。その人は現場からいなくなっているんですよね。いたら多少なりとも記事に書かれていたかもしれないし、それこそ亡くなった人が誰なのか、手がかりが得られたのでは」

　刑事っぽい人と口をきいている時点で、自分も捜査員になった気分だ。「ですね」と同意され、敏腕に近づいたような誇らしさを味わう。

「ぼくとしては誰が転落を通報したのかも気になります。口論の相手がしたとは考えにくい。携帯から電話したら足がつきます。逃げた意味がなくなる」

　今どき公衆電話はめったにない。屋外から通報するとしたらスマホを利用するのが自然だ。

「今井くんの話からすると、警察が来たのはわりとすぐです。通報がそれだけ早かったってことでしょう?」

　針谷は眉根を寄せてからおもむろに言った。

「そこが、事件解決の大きなポイントになるかもしれませんね」

　敏腕刑事らしい意味深な言葉だ。強く感銘を受けつつ、駒子は手のひらの文庫を見つめた。

図書委員たちと作ったトヨ高オリジナルの栞《しおり》が、本の途中に挟まっている。これを押しつけ背中を向けた聡史は、続きを読まないつもりだろうか。図書館そのものから足が遠のき、顔を見る機会さえなくなるのではないだろうか。

貴重な利用者が増えるどころか減りかねない事態だ。胸が痛むと同時に、彼が今どんな気持ちでいるかと案じる。本は返却できても、自分の気持ちを白紙に戻すことは容易でないだろう。

＊

その日の放課後、図書委員の子たちが七人ほど集まったので、秋の読書週間に合わせた企画について細かいところを話し合った。去年は着任一年目だったので、毎年恒例というおすすめ本の展示や手作り栞の配布をサポートした。

今年は春先から、利用者を増やすためのアイディアがないかと生徒たちに話しかけ、他校の試みをピックアップして伝えるなど、生徒の自主性を損なわないよう気をつけながら積極的に関わってきた。その甲斐あって、歴史上の人物にスポットを当てる展示や、好きな一文を抜き書きしたコーナーが早くも登場した。さらに、別の委員会や部活とコラボしている他校の例を知り、やってみたいと言う生徒がいた。

なんか面白そう、できたらいいな、楽しいかも、という気持ちがあってこそだ。幸いにして夏休み前に出た意見だったので候補を検討し、本の種類が多く、身近なテーマである「料理」

に絞った。クッキング部に打診すると、「図書館とうちが？」「えー、どうやって？」「あそこって料理の本もあるの？」などと口々に言いながらも感触は悪くない。顧問である家庭科の先生は「協力できることがあるならば」と前向きな言葉をくれた。

　図書委員の子たちの表情は目に見えて明るくなった。夏休みの間に具体案を考え、料理もしてみようと話が出た。人気レシピ本を活用してのおかずやお菓子、弁当作りでもいいし、小説に登場する料理に挑戦してもいい。中には旅行記に出てくる他国の食べ物をじっさいに食べてみると言う子もいた。メキシコやフィンランド、トルコなど、心当たりのあるレストランに行ってみるそうだ。

　思い思いの活動に浸ってくれたらしく、休み明けは委員会の出席率も高く、笑い声を誘う報告が相次ぎ、意見交換は活発になった。トヨ高の学園祭は十一月中旬、読書週間はその前の十月下旬から始まるので、学園祭の準備をしながらのぞきにきてくれればベストだ。学園祭に弾みをつけられればさらに喜ばしい。

　今日もクッキング部から提供された調理場面の写真を並べたり、野菜の鮮度の見分け方や包丁の使い方で盛り上がったりと、たびたび脱線しつつも参考資料になる本が棚から集まった。駒子は話しかけられたときだけ意見やヒントを出し、あとは聞き役にまわった。脱線も失敗も経験値に繋がる。やる気のない生徒を振り向かせるのが一番むずかしい。

　十七時に閉館し、後片付けを終え、準備室のデスクで書類をチェックしながら、駒子は貸し出しカウンターに目を向けた。内側の棚には例の文庫が置いてある。忘れていたわけではない。しばらく様子見でいいのか、それとも今すぐ誰かに報告すべきか、判断がなかなかつかない。報告する相手にしても、聡史の問題だから聡史の担任教師にすべきだろうか。それともこの学校の図書館担当は副校長なのでそちらにすべきか。悩ましいところだ。

　購入する本を選んだり棚の配置を換えたりも、司書はひとりで考え決めるので負担は小さくないけれど、難しいなりにやり甲斐がある。生徒との関わり合いも同様だ。自分なりの精一杯を尽くせばいいと割り切れる部分もある。

　問題は学校関係者との関わり方。思いのほか融通の利かない人、極端な人、ややこしい人、いい加減な人、無責任な人、口の軽い人がどこの学校にもいるので気が抜けない。校内の力関係まで考えたら身動きが取れない。ふだんは関わり合いが少ないので、ある意味らくもしているが、何かあったときに頼れる存在はなかなか作れない。

　相談は先送りにしてデスクのパソコンを起《た》ち上げ、事件を検索してみた。さまざまなワードを組み合わせ情報を探っていくと、事件現場は「ヤマモト製作所」という自動車部品工場だとわかった。「種川市」「ヤマモト製作所」で調べると、十年ほど前に倒産し閉鎖されたらしい。住所も出てきた。

　グーグルマップで照らし合わせると、聡史や円香の利用している江沢駅から徒歩圏だ。

　ストリートビューを起動させれば、画面越しにどんな場所なのか知ることはできるだろうが、駒子は印刷のアイコンをクリックし、地図をプリントアウトした。

ひとり暮らしなので勤務後は融通がきく。考えあぐねて悶々とするよりは動いた方がいいのかもしれない。

　帰宅の足は自然と江沢駅に向かった。図書館を利用する生徒が借りた本を持って寄り道する場所だ。どんなところなのか見てみたいと思い、江沢駅で降りて改札口を抜ける。すっかり日の暮れた初めて訪れる町を、地図を頼りに歩いた。

　曲がり角を間違えたり行き過ぎたりしながら、二十分くらいかけてようやくそれらしい場所にたどり着く。江沢駅周辺は一戸建てやマンション、賃貸住宅などがびっしり建ち並んでいるが、工場のあたりは資材置き場や倉庫の他、雑草の茂る空き地があるだけだ。夜のせいか閑散として、人通りはほとんどない。

　治安面を考えると足早に通り過ぎたい一角だが、街路灯を頼りに歩いて行くと、シャッターの下りた建物の前面に、テレビドラマで見るような黄色いテープが張られていた。

　事件現場だ。聡史の言っていたとおりに建物に向かって右側の通路が広く、もともとそこには白っぽいビニールシートがかけられ、部外者の侵入を防いでいたらしい。けれど四隅のうち右上の結び目がほどけ、左上の紐《ひも》も伸びてしまい、幌はだらんと三角形に緩んでいる。足下十センチの高さに渡してあるパイプを跨《また》げば、簡単に入れるだろう。

　駒子はスマホを取り出し、黄色のテープや幌の周辺を撮影した。そして敷地の隅に花束が置いてあることに気付く。亡くなった人に手向けられた花だ。ここで命を落とした人がいることを初めて実感した。無残な出来事がたしかにあったのだ。

　手ぶらな自分を情けなく思いつつ花のそばにしゃがむ。通路の奥に向かって手を合わせ目を閉じた。

　しばらくして立ち上がり、ぼんやりしていると何か聞こえた。振り向くと誰もいない。猫だろうか。虫だろうか。人の足音だった気もして、もう一度左右をうかがう。

　あたりは外灯のまわりだけ明るく、それ以外は暗闇に沈んでいた。電信柱や倉庫の陰など身を隠せる場所もある。誰かいたとしても見つけることは容易でないだろう。そう思うとじっとしているのも恐く、身の危険すら感じてしまう。びびっている自分を聡史は馬鹿だと揶揄《やゆ》したが、いつでも、誰にでも、得体の知れない恐怖は襲いかかるものだ。逃げ去るのも対処のひとつ。

　駒子は背負っているリュックのベルトを握りしめ後ずさった。走り出そうとしたとき、視界の先、曲がり角から数人の子どもが現れた。後ろから保護者らしい大人もついてくる。話し声も聞こえる。心からほっとした。

　数人のかたまりとすれちがい、駒子は駅へと足を速める。このまま事件が解決に向かえば、聡史は巻き込まれずにすむのかもしれない。それはそれで良いことにも思えたのだけれども。

＊

翌朝はいつも通りに登校し、職員室で行われる教職員対象の朝の打ち合わせに出席した。司書も保健室の先生も参加する。主な話題は最寄り駅で行われた美化運動について。トヨ高からも生徒会が呼びかけ十数人がゴミ拾いや花壇の手入れに励み、今週になって駅員や近隣住民から好意的な言葉が相次いで届いているそうだ。

明るい話を聞いたあと、駒子は自分の席で回覧物のチェックをした。職員室にも司書の机はあるが、ゆっくり座るのは朝の打ち合わせのときくらい。席の近い保健室の先生や美術の先生と挨拶がてら雑談を交わす。

聡史の担任である浜口《はまぐち》先生はざっと探しても見つけられなかった。相談する機会が作れればと思っていたが話しかけることもままならない。聡史ともう一度話すべきかと思い直す。相手は高校生だ。意志や考えを尊重したい。

そんなことを考えながら図書館に向かい、鍵を開けて中に入り、カウンターの準備をしているとあわただしい足音が近づいてきた。

飛び込んできたのは聡史だ。前日と同じように「どうしたの」と駒子は声をあげた。

「先生、大変なんだ」

返ってくる言葉も前日とほぼ同じ。

「今度は何があったの。騒がず、落ち着いて話して」

「おれんちに不審者が現れた」

「は？」

「昨日、暗くなってからだよ。夜の八時くらい。おれが直接見たんじゃなくて、仕事から帰ってきたかーちゃんが見かけた。おれんちは一戸建てなんだけど、生け垣の間から中をのぞいたり、玄関の前を行ったり来たりしてたって」

「今までもそういうことはあったの？」

「ないよ、ない。初めて。だからおかしい。おれ思うんだけど、あの事件が関係してるんじゃないかな」

興奮しているせいかすっかりため口だが、それは横に置いておいて駒子は慎重に話しかけた。

「あの事件って、昨日言ってた工場で遭遇した転落事件？」

「おれんちは会社で働いてるとーちゃんとかーちゃんと双子の弟たちで、家をのぞかれるような心当たりは誰もない。関係あるとしたら、あの事件」

「ちょっと待って、君は不審者を誰だと思っているの？」

聡史は顔をしかめ、寒気がしたように肩をすくめてから言った。

「死んだ人と、揉めていた相手。もしかしたら突き落としたかもしれない犯人」

「そういうのを短絡的って言うの。意味、わかる？　あれとこれとを簡単に結びつけてはダメ。よく考えて。君は現場の近くに本を落としただけでしょ。どうして自宅が知られているの」

「あとをつけられたのかも」

「自宅と現場はそんなに近いの？」

口論していた人にとっても、転落死は重たい出来事だろう。突発的な顚末《てんまつ》にせよ、計画的犯行にせよ。居合わせた学生に気付いたとして、冷静にあとをつける余裕はあるだろうか。

「歩いて七分くらい。あのときは途中で立ち止まったりして、もっとかかったかも」

「だったら近くはない距離だよ。口論していた人は君に気付いてあとを追いかけ、自宅がどこなのかつきとめ、一旦離れてから翌日の夜、再びやってきて家の中をのぞいたの？　もしもそうなら、家に来たのはなんのために？　理由はなんなのよ」

聡史は顔を伏せ、「さあ」と口ごもる。

「そこまではわからないんですけど。でも他に思い当たることがなくて。タイミング的に一番疑わしいし」

「お母さんは不審者に声をかけなかったの？」

「近づこうとしたら、その前に相手は家から離れていったそうです」

少し落ち着いたのか、ため口ではなくなったが、背負っている空気は重苦しいままだ。

「おうちの人に工場の件は話した？」

「いいえ。話す雰囲気じゃなくて。親はふたりとも仕事で忙しいから」

「でも、今井くんはすごく気にしているし、心配してるんだよね？」

「先生、事件のすぐあとおれをつけまわさなくても、自宅をつきとめることはできるのかも」

「どうやって？」

「本です。犯人もおれが落とした本を見ていたら、表紙にトヨ高のシールが貼ってある。あの界隈《かいわい》でトヨ高に通っているのはおれくらいなので、その気になれば家の場所は調べがつく」

一理あるような気もしたが、うなずくより先に首をひねってしまう。

「人気アイドルの自宅ならともかく、トヨ高ってだけでどこの誰なのか特定できるかな。君、ご近所の有名人って自覚はある？」

「まさか。ぜんぜん」

「だったら難しいよ。警察なら一軒ずつ聞き込みするだろうけど、一般人が聞いて回ったらそれだけで目立つ。念のために聞くけど、本の間に名前や住所のわかるものを挟んでなかったよね？」

うなずく聡史を見守っていると本の返却に生徒がやってきた。おはようと挨拶しながら本を受け取っていく。最後に頭をぺこりと動かしたのは、昨日の休み時間に会いに行った二年生の女子生徒、小泉円香だ。本は持っておらず、空いている手でVサインを作った。

アルファベットではなく、数字を表したらしい。

「二度目です。図書館に来たの、二度目」

「何度でもどんどん来て。大歓迎よ」

「ありがとうございます」

小作りの可愛らしい顔でにっこり笑う。

「昨日はいきなり押しかけてごめんなさいね。話を聞かせてもらって助かったのよ」

「いいえ、大したこと言ってないですよね。それに、言い忘れたことがありました。ほんのちょっとしたことなんですけど」

「なんだろう。聞きたい」

「私に本を預けた人、犬を連れてたんです。ゴールデン・レトリバーって知ってます？　茶色の大型犬、あれです。散歩っていうのも、人間のではなく犬の。朝晩だいたい同じ時間に歩いてるんですって」

　犬の散歩ならばと、腑に落ちる思いがした。昨夜の工場付近を思い返してみても、大人がひとりで散歩したくなるような小道ではない。犬が一緒ならば合点がいく。聡史はカウンターの脇で気配を消していたので、どんな顔をしているのかと目をやり、円香も気付く。

「やだ、今井くん、そこにいたの。言ってよ。なんか恥ずかしい」

「声をかけるタイミングがなかったから。文庫を預かってくれたの、小泉さんだったんだね」

「そうよ。よかったね、ちゃんとした人が拾ってくれて。なくさずにすんだよね」

「うん」

「とっても綺麗な毛並みの犬で、すごく賢そうなの。あの犬が見つけてくれたんだと思う。そこまでは聞いてないんだけど、きっとそうよ」

「小泉さんって、もしかして犬好き？」

「まあね。うちでも飼ってるんだ。白いマルチーズ。ママがかわいがってて散歩も連れて行くんだけど……」

　円香は、少しためらってから口を開く。

「江沢駅の近くで事件があったの、知ってる？」

「事件？」

「今はもうやってない工場の敷地で、亡くなった人がいたんだって」

　聡史は平静を装いつつ「へえ」と声をあげる。

「ママが犬友だちから仕入れてきた情報によると、その、倒れている人を最初に見つけたのはゴールデンの飼い主らしい。あの文庫を拾ってくれた人よ。第一発見者で、通報者。すごくない？」

　無邪気に顔をほころばせる円香を前に、駒子は目を瞬《しばたた》く。ジグソーパズルのピースがはまっていく思いだ。犬を連れて散歩に出た男性は、聡史が落とした文庫を見つけ、工場内で倒れている人にも気付き、ただちに警察に通報した。利口な犬は飼い主の指示通りにおとなしくその場で待っていたのだろう。警察が来ても騒がなかった。

　近隣住民にも知られた人のようだ。納得のいく状況が頭に浮かびホッとする。

「貴重な情報をありがとう。また何か思い出したらいつでも教えて。用事がなくても、たまには顔を見せに来てね」

　にこやかに返していると授業の開始を知らせるチャイムが鳴った。円香は「先に行くね」と聡史に手を振り、駒子には会釈をして図書館から出ていった。

「犬の散歩とはね。たしかに夕方にはそういう人がけっこういるよね」

円香を見送ってから駒子は聡史に話しかけた。安心する材料をもらった気分で明るい声が出たが、聡史は硬い表情のままぼんやりしている。

「どうしたの」

「文庫を拾ってくれたのがふつうというか、まともな人だったならよかったです。でも、それなら昨日の夜、うちをのぞいていたのは誰ですか。もうひとり別の人物となると、被害者と口論していた人じゃないですか。やばい場面をおれに見られたと思ったのかも。それで必死に探して家をつきとめた。ひょっとしておれ、危なくないですか。口封じのために消されたりしないですか」

まさかと首を横に振ったが、絶対にありえないとは言い切れず駒子は視線を宙に彷徨《さまよ》わせた。その先に「秋こそミステリー　犯人は近くにいる！」と書かれたパネルが設置されている。並べられた数冊の本のうち、聡史が借りたものもある。宮部みゆきの『心とろかすような』もその一冊だ。

ふつうに暮らしている人たちが思いがけない事件に巻き込まれ、死ぬような目に遭う話は、昔から数多く描かれている。我がことのようにハラハラしたり、住む世界の異なる人の悲しみや喜びを知ったり、予想外の結末に驚かされたりするのは、読書の醍醐味《だいごみ》だろう。思わず次の一冊に手が伸びる。新たな物語がまた心の中に広がる。

そうやって本を読んで育まれた想像力は、自分自身を豊かにしてくれるだろうが、思わぬ迷走を生む場合もあるかもしれない。若い学生なら特に。大丈夫、平気だよ、気にしてもしょうがない、そんな言葉は気休めにもならない。薄っぺらくて届かない。

「とにかく授業の時間だよ。ちゃんと出席してしっかり勉強した方がいい。君の家をのぞいていた人については、私もあらためてよく考えてみる。約束するから、少し時間をちょうだい」

「いつまで?」

「昼休みにまた来てよ」

放課後より前の、長めの休み時間を言った。自分なりの誠意だ。聡史は深くうなずき、「よろしくお願いします」と言って図書館をあとにした。

*

返却された本を片付けたり、入荷してきた本にラベルを付けたり、今月の紹介本を選んだりしながら聡史の話を思い返してみるが、不審者の見当はさっぱりつかない。今後の予算案や、他校の司書から届いた問い合わせメールへの返事など、慎重に考えなくてはいけない仕事には身が入らない。

これではいけないと思案に暮れ、昨日、針谷からもらった言葉を思い出した。彼は聡史の件について、何かあったら声をかけてください、ぼくも気になります、と言ってくれた。そのさいＬＩＮＥのＩＤも交換したので、「お時間があるときに、電話をいただけるとありがたいです」と送った。

既読になった十分後、針谷から電話がかかってきた。車の音がかすかに聞こえた。屋外の駐車場やショッピングモールのデッキなのかもしれない。針谷は書店員だが、学校への配達や支店間の輸送などを担っているので店外業務が多い。

仕事中はもとより休憩時間を削るのは申し訳ないので、聡史から聞いた昨夜の不審者の話や円香からもたらされた情報を手短に伝える。昨夜は自分も現場に立ち寄ったので、そのことも話すと写真を見たいと言われた。

一旦電話を切って、現場の写真をＬＩＮＥにアップした。十分ほどしてまた電話がかかってくる。

「ぼくなりにいろいろ考えてみました。昨日の段階で一番気になったのは、事件の通報者が誰なのかということでした」

「小泉さんの話で、それはわかりましたよね」

「はい。けれどやはり疑問です。犬を散歩させている人が道端に落ちている本を拾った。そこまではいいです。でも今井くんの話からすると、口論が行われていたのは出入り口から見て奥の階段を上がった先。となると転落死体も手前ではなく奥にあったと思われます。通路を塞ぐシートは右上が外れていて、その気になれば出入りは簡単にできるようですが、あくまでも『その気になれば』です。犬を連れている人が、封鎖されている敷地の中に、日常的に足を踏み入れているとは思えません。交通量が多くないとはいえ道路はいつ誰が歩いているかもしれず、無用なトラブルを避けるためにもふつうは入りません。星川さんに送ってもらった写真からすると、地面に沿って横のパイプが渡してあって跨がなくてはならず、犬にとっての抑止力にもなりえるのではないかと。もう一点、写真を見る限り、シートの手前から中は見通しが悪そうです。つまり、何が言いたいかというと、犬の散歩をしていた男性はなぜ転落死体に気付いたのでしょう。おかしくないですか」

そこまで考えていなかった。さすが敏腕刑事を彷彿させる人だ。

その人に引っ張り上げられるような気持ちで反論を試みる。

「犬が匂いを嗅《か》ぎ取ったんじゃないですか。人間よりずっと嗅覚が優れているから、その、ほら、死臭とか」

「亡くなったばかりなら、そういった異臭はしてないはずです」

「物音が聞こえたとか」

いや。落ちた音が聞こえるほど近くにいたなら、聡史と鉢合わせしたはずだ。

「音ではないですね。でも少し離れた場所から今井くんが大慌てで出てきて、走り去るのを見て、なんだろうと疑問に思って、中をのぞいたとは考えられませんか」

「のぞくだけでは、奥まった場所に倒れ伏している人間に気付かないと思うんですよ」

針谷に言われ唇をぎゅっと結ぶ。工場の荒れた様子からして通路のところどころがひび割れ、草がはびこっていたとしても不思議はない。瓦礫のひとつやふたつ落ちていたかもしれない。見通しのいい道路に人が倒れていたわけではないのだ。

「針谷さんは、犬の散歩をしていた人が、その日に限って工場の敷地にわざわざ入ったと考えるんですね？　問題はその理由。たとえば口論していた人たちを知っていたから？　もしかしてその人たちに呼び出されたとか？　争うかもしれないから止めようとして？　つまり散歩の人も事件の関係者？」

駒子が勢い込んで畳《たた》みかけると落ち着いた声が返ってくる。

「ぼくはもうちょっと、ちがうことを考えました」

冷水を浴びせられたような気分になる。ちがうことってなんだろう。

見落としていることがまだ自分にあるのか。考える材料は同じか、自分の方が多い。生徒ふたりと直接やりとりしているのだから。

「今井くんは学校帰りにあちこちで本を読んでいたようですね。そのあちこちには『江沢駅界隈』も含まれる。同じ学校の女生徒が見かけるように、犬の散歩の男性も見かけたことがあるんじゃないでしょうか。その人は女生徒に、拾った本を手渡し、学校図書館に持っていき、司書に返せばいいとアドバイスもしている。とても的確で、かなりの本好きに思えます。そういう人が学校帰りに本を読みふけっている学生を見たとき、どう感じるか。ぼくだったら微笑ましいです。スマホがこれだけ流行ってる今、電車の中でも本を読んでいる人を見かけないので、希少価値がありますよ。よしよし、読め読めと遠くからささやかなエールを送りたくなります。もしも散歩の男性がそのタイプだとしたら、犬と一緒に歩きながら、工場の敷地に出入りしてる学生に気付いても、大目に見るような気がするんです。ここもあの子の本読み場なんだなと思うくらいで」

　聡史が敷地に入ったのは一昨日が初めてではない。ときどき目撃されていた可能性はある。聡史の帰宅時間と散歩の時間が重なっていればなおのこと。

「ここからはぼくの想像なんですけど、一昨日の夕方、男性はいつも通り犬の散歩に出かけた。すると工場の幌の前で文庫を見つけた。表紙に貼られた高校のシールを見て、あの学生のだとピンときた。ただし、入るときに落としたのか、出るときに落としたのかはわかりません。まだ中にいるかもしれないと考え、犬を入り口につなぎ、軽い気持ちで幌をくぐった」

　ところが。

「中に入ってきょろきょろすれば、死体に気付きますね」

「とても驚かれたと思います」

「そしてすぐに通報した」

「手にしていた文庫は上着のポケットなどに入れ、そのまま忘れてしまったのではないかと」

「たしかにそれどころじゃない」

　警察とのやりとりが終わり、解放され、帰宅してからポケットの中身を思い出したのか。

　翌朝、駅をまわっても男子学生には会えなかった。けれど同じ学校の女子学生を見つけて本を手渡した。

「あくまでもぼくの想像ですよ。こうも考えられるという仮説のひとつです」

「いえ、ちゃんと説得力があります。でも今井くんが現在一番悩まされている、自宅付近に出没した不審者についてはどう思いますか」

「それなんですけど」

　針谷は電話越しにも感じ取れるような渋い声を出した。

「さっきの仮説の続きを話してもいいですか」

「もちろんです。聞かせてください」

「通報を受けた警察は現場を調べ、亡くなった方以外の足跡を見つけたんじゃないかと思います。転落してから通報までが早いですよね。今井くんがうろうろしてる間にパトカーがやってきたので、非常に短時間です。今井くんが走り去るのと、散歩の男性が通りかかるのと、ほんのわずかの差だったと思われます。口論の相手はおそらく別の隙間などから敷地の外に出たのでしょう。逃げおおせる時間はあったとしても、自分の痕跡をきれいさっぱり消す暇はなかった。だから警察は足跡を消そうとしたような、不審な点を見つける。するとどうなります？おそらく事件発覚直後にも警察は男性に『他に誰か見かけませんでしたか』と尋ねたでしょう。男性は『いいえ』と答えた。けれど亡くなった人の身元はわからず、不審な点をさらに調査すべく警察は再度、翌日にでも男性のもとに出向き、『ほんとうにいませんでしたか』『ちょっとしたことでもいいんです』とか、食い下がったのでは。そのとき、男性の脳裏に男子高校生がよぎったとぼくは勝手ながら想像します」

「でも、今のところ警察は学校に来てませんよ」

「男性は言わなかったんですよ。本を落としただけの、まだ年の若い学生を巻き込まなくてもいいだろうと」

庇《かば》ってくれたのだろうか。真っ先に駒子はそう思った。なので、続く針谷の言葉に深く考えさせられた。

「とっさに伏せたけれど、時間を追うごとに正しい判断だっただろうかと迷いが生じた。自分ではなく、学生の方が何かを見聞きしているのかもしれない。かといっていきなり警察に話すのはためらわれ、今井くんの家を訪ねた」

「どうして家を知ってたんですか」

「ドッグランのある公園でも本を置き忘れたことがあると話していました。となりの家のおばさんが気付いて事なきを得たんですよね。ゴールデン・レトリバーの男性はおばさんの知り合いで、そのとき居合わせていたというのは、想像を通り越して妄想でしょうかね」

厚く礼を言って電話を切ってから、駒子は図書館の入り口へと目を向けた。

とても静かだ。自習コーナーで数人の生徒が問題集やノートを広げているだけ。耳を澄ませばかすかにグラウンドのホイッスルが聞こえる。

警察はまだ来ない。散歩の男性が口をつぐんでいるからだ。

「この写真、見てみて。昨日先生、問題の工場に行ってみたんだ」

昼休み、カウンターを図書委員に任せ、聡史には準備室に入ってもらった。針谷の仮説を話したあと、スマホで撮った写真を見せる。現場に手向けられた花束が写っている。

「先生は手ぶらで行ってしまったから、花束の近くにしゃがんで手を合わせた。亡くなった人がどこの誰かはわからない。でも針谷さんの話を聞いて思ったの。人の死を悼《いた》む気持ちを何かで表すとしたら、私は君と一緒に考えることで花束に代えようって。今井くん、君自身にも人の死を悼む気持ちはあると思う。たとえ知らない人であっても、亡くなるって重いことだよ。死を重く受け止めるってことは、命を大切にするってことじゃない？　君の命も、君の大事な人の命も、重くて大切なものだと先生は思うわけよ。だから今すべきことを君に考えてほしい」

　聡史は暗い声で応じた。

「それって、警察に行くってことですか。出頭って言うんでしたっけ。でもおれ、ほんとうに話すようなことは何もなくて」

　真っ先に警察に行く可能性をあげる。その選択肢はずっと彼の頭にあったのだろう。

「君がその場にいたという事実を伝えることに意味があると思う。さっき言った死の重さを受け止めるという意味で。軽んじられない出来事があり、君は軽んじなかった。大切なことだと私は思う」

　聡史は顔を伏せているので表情は見えない。けれど頭は縦に小さく振られた。駒子の意図を理解しているのだ。

　彼にとって難しい選択を強いているのだと噛みしめる。相手が高校生でなければちがう対応をしていたかもしれない。大げさにせず、様子を見てもよかったのかもしれない。けれど彼の人生はこれから長い。目を背け口をつぐんだことが、心に傷を残す場合もありえる。そうなっても過去に戻ってやり直すことは不可能だ。今ならば自分なりの誠意を尽くすことができる。

「君は事件の話を家の人にしたくないみたいね。理由を聞いてもいい？」

固く結ばれていた唇がほどけ、「はあ」と掠《かす》れた声がした。

「うちのかーちゃん、本を読むなって言うんです。中学に上がってから成績が落ちたこともあって、勉強しなさいとうるさくて。だから、本を読むために立ち入り禁止のところに入って、ものすごく面倒なことに巻き込まれたなんて知ったら、今まで以上にきつく読むなと言われるかもしれない」

「なるほど。それは重大問題だね。でも君が学校帰りに町中のあちこちで本を読んでいるのは、どうやらいろんな人が見ている。小泉さんもだし、犬の散歩の男性もだし、となりのおばさんもだろうし。君のお母さんの耳にも入っているかもしれないよ」

「え？」

「案外、知らないふりをしてくれてたりして。ただの想像だけどね」

「絶対知りませんよ。いつもバタバタして弟たちを怒鳴ってばかりの人だから、近所の人の話なんか聞いてない」

「わからないよ。まあ、立ち入り禁止のところに入るのはよくない。ガツンと怒られるのはしようがないとして、読書については味方もいる。私もだけど、犬を連れてた男性も君を見守ってくれていたと思うよ。そのせいで、今はすごく悩んでいるのかもしれない」

押しつけがましくならないよう慎重に言うと、聡史は顔を上げた。

「ちょっとだけ心当たりがあるんです。学校帰りに家の近くでときどき見かけた茶色の大型犬。先生、あの文庫の表紙は犬のイラストでしたよね。拾ってくれた人も、あの本を読んでいるかな」

駒子は微笑んでうなずいた。

「『心とろかすような』はシェパードだけどね。君はまだ途中までしか読んでいないでしょう？　もったいないよ。いつかその男性と感想が話せるといいね」

「そんな夢みたいな話……」

聡史はつぶやき再び顔を伏せたので、駒子は聡史の肩をひとつ叩き、そばから離れた。フロアに戻ってカウンターに入ってくれた委員の生徒たちに声をかける。リクエスト本があったり、クッキング部の子が来たりといった業務連絡や報告を聞いているうちにチャイムが鳴った。昼休みが終わるときは本鈴の五分前に予鈴が鳴る。みんなてきぱき片付け、引き上げていった。

そのあと聡史がカウンターにやってくる。

「君も午後の授業に出なくちゃ」

「先生、おれ、警察に行きます。考えてみたらすごい体験ができるわけだし。刑事の取り調べってドラマの中でしか見たことない。カツ丼、食べさせてもらえるのかな。昼ご飯を食べてないからちょうどいいです」

「いや、カツ丼はないと思うよ」

「そういうわけで、今からおれと一緒に行ってください」

「え？　警察に？　私が？」

「親が帰ってくるのを待っていたら夜中になっちゃいます。それまで気持ちがぐらぐらするのも嫌だし」

「ならば担任の先生や学年主任の先生に……」

諭す口調になった駒子の前で、聡史はすばやく手を伸ばす。例の、「本について　相談したいことがあったら　なんでも声をかけてね」と書かれたプレートを摑んで一番上を指さす。

「本に関することですよ」

駒子はその下を指さした。

「相談までだよ、相談」

言い返したものの突っぱねるのは難しい。カウンターの内側に置いてある本を棚に戻すのは、拾って託してくれた人に、お礼の気持ちを表してからだろう。


その日、聡史は五時間目と六時間目の間に大急ぎでパンを食べ、駒子は図書館担当である副校長に今回の件を報告した。ため息交じりに相槌を打つ副校長は、警察に出向く話になるとたちまち難色を示したが、このままにしておくと警察の方から学校に来るかもしれないと言うと、わかりやすく顔を引きつらせた。

校長と相談し、保護者に連絡を入れるそうだ。お任せして図書館に戻ると、三十分もしないうちに副校長が駆け込んできた。両親とも今すぐ学校に来ることはできず、先生に頼みたいと言われたそうだ。

「おうちの人の事情もあるでしょうが、こちらもなかなか都合がつきませんで」

「もし、どなたもいらっしゃらないようでしたら、私が付き添いましょうか」

「ああ、星川先生が行ってくださいますか。それは助かる。よろしくお願いします。くれぐれも穏便に。いいですか、本校の生徒は善意で、捜査協力のために警察に出向くわけですから。そこのところをはっきりさせてくださいね」

いろいろ念を押され、六時間目が終わってから駒子と聡史は種川市の警察署を訪れた。

*

あとからわかったことだが、そのときすでに亡くなった人の身元は判明していた。「ヤマモト製作所」のかつての所有者は他界し、実子がいなかったことから、土地建物の相続人は複数いた。亡くなったのはそのうちのひとり。状況が見えてきたことで重要参考人も浮かびつつあった。けれど指紋は検出されず、足跡はかき消されていた。第三者がいた痕跡にはなりえるものの足のサイズさえわからない。

そんなとき聡史が現れ、捜査に進展をもたらした。工場で聞いたやりとりを捜査員たちに尋ねられ、彼なりに真剣に思い出し、声のニュアンスや言葉の切れ端を含めたすべてを証言した。

その中に、「やめて」「よしてよ」という語尾や単語があった。口論の相手は女性だったのかもしれない。捜査員たちは色めき立った。

重要参考人の中に女性はふたりいたものの、片方は足腰のおぼつかない高齢者だったためにひとりに絞られた。その人物も現場に学生がいたことを知っているのではないか。目撃者として名乗り出たことを知れば、隠し通せないと観念するのではないか。捜査員はそう考え巧《たく》みに揺さぶり、現場に居合わせたことを認めさせるに至る。

今現在、当該人物は亡くなった男性と相続の分配について揉めたものの、転落は事故だと主張している。足場の悪いところで男性が荒々しく動き、バランスを崩して落下したそうだ。

その主張が正しいかどうかは、法の裁きに委ねられるのだろう。


「星川さん、例の文庫、やっと入りましたよ。お待たせしました」

三時間目の授業中、ユーカリ書店の針谷から薄い本を受け取る。

「よかった。つい昨日も、まだかな、読めないのかなと言われたばかりなの」

映画化の決まったライトノベルで、今現在は市中でもなかなか手に入らないそうだ。お気に入りのアイドルが主演を務めるとあって生徒からリクエストされ、他の子からも読んでみたいと急かされていた。

表紙を眺めて、ふと白い子犬に目がとまる。

「丸くてかわいい。マルチーズかしら」

「ああそれ、販促物にもあしらわれているんですよ。主人公が溺愛《できあい》しているマルチーズの雪丸《ゆきまる》。うちのバイトから聞きました」

　さすがの針谷も未読らしい。守備範囲ではないのだろう。

「シェパードが表紙の文庫は、今井くん、読み終わったんですよ。途中で止めないでよかったと言ってました」

「お母さんの読書禁止令も免れたんですよね」

「立ち入り禁止の場所に入ったことは怒られましたが、当たり前ですよね。勉強を頑張るようにという約束ももちろんです」

　聡史の母親は息子の放課後読書について、やはり近所の人から聞いていたらしい。何も言わなかったのは、本を読むなと怒鳴りつけたことに、気がとがめていたのではないかと駒子は思う。厄介ごとに巻き込まれた今回の件についても、予想外に鷹揚な態度を取ってくれた。聡史自身の親に対する認識も変わりそうだ。

　転落事件から二週間。聡史はその間、シェパードならぬゴールデン・レトリバーを連れた男性にも会い、本を拾ってもらった礼を言った。となりのおばさんと犬友だちであることもわかり、おばさんから聡史のことを「やんちゃな双子の弟がいるから、家の外で本を読んでいるのよ」と教えられたそうだ。

　生け垣の間から聡史の家をのぞいていた件については、お互い触れていないと言う。聡史が警察に行ったと知ったとき、とても深い息をついたとのことで、男性が抱えていた葛藤《かっとう》が聡史にも透けて見えたのだろう。

「犬を連れていた男性、伊崎《いさき》さんとおっしゃるんですけどね。自宅の一部屋をオフィスにして、ほとんど家で仕事をしてるんですって。犬の散歩がちょうどいい息抜きみたいです」

「その方、ここの卒業生ってことはありませんか。駅前で学生を見分けるのはふつうは難しいかなと思って」

「針谷さん、鋭い。ご自分は私立の男子校だそうですけど、妹さんがトヨ高だったんですって。ここの制服、スカートのチェック柄と形だけは数十年、変わらないんですよ」

それですぐに、確信を持って円香に声をかけたのだろう。

「そういえば針谷さん、口論の相手が女性だとわかったことを話したら、『やっぱり』って顔をしてませんでしたか。今井くんから何か聞いてたんですか」

「いえ、そうではないんですけれど。星川さんがカウンターから『心とろかすような』の文庫を出したとき、今井くん、星川さんを犯人と勘違いして騒ぎましたよね。あれを見て、工場にいた謎の人物は、女性ではないかと思いました。今井くんの潜在意識に、女性がいたような気がして」

つい、ぽかんとしてしまった。

ほんの一瞬のやりとりだ。あんな最初のときに気付いていた？

当の聡史でさえ失念していたのに。

「針谷さんって……」

やっぱり敏腕刑事そのものでは。

「なんですか。どうかしましたか？」

「いやその。何者かと思って」

おどけたような声を出すと、レンズ越しの目は柔らかな弧を描いた。

「本屋ですよ。ご注文いただいた万能ダレとレンチンレシピの本も、持ってきましたからね」

「ありがとうございます。ですね。ですよね」

刑事だったら、頼んだ本の配達はしてくれない。書店員ならばこそ。

でも、それだけではないような。

プラスαがあってかまわない。たまには目尻をきらりと輝かせ、敏腕ぶりを発揮してほしい。

そんなことを思いながら、駒子は差し出された本を笑顔で受け取った。

過去と今と密室と

種川駅前にある雑居ビルの二階、ピザやカルパッチョの美味《おい》しいビアレストランで、駒子が二杯目のビールに口を付けたときだ。

「ねえさっきの話、真面目に考えてよ。考えてる？」

向かいの席に座っている杉浦《すぎうら》のぞみに言われ、グラスを唇から離して「もちろんです」と答えた。喉を潤《うるお》してから「ただその」と控えめに続ける。

「謎の難易度が高すぎて。さっぱり見当も付かなくて。もう少しでお手上げのポーズになりそうです」

「上げないで。ほんとうに困っているの。私の前に立ち塞がるこの密室の謎を、スパッとかっこよくすべて解き明かして。お願い」

密室。それは言いすぎかもしれないと思ったが、たしかに現場は閉ざされた部屋であったらしい。

杉浦のぞみは駒子より年上で四十代半ば。司書としても大先輩で、神奈川県北西部にある幾《いく》田《た》高校の図書館に勤めている。もうひとり、駒子のとなりには杉浦より年上の富田江利子《とみたえりこ》が座っている。さっきからハイペースで中ジョッキを傾け、生ハムのサラダやマッシュルームのアヒージョに舌鼓を打っている。彼女の勤務先は県央部にある森《もり》尾《お》高校だ。

神奈川県では現在、県立高校の図書館に正規雇用の司書を配属している。非正規職員もいるが、全国的な割合からすると正規職員はかなり多い。どこも予算削減の荒波にもまれ、半数に近い学校が司書そのものを置いていないか、いても非常勤のみになっている。

先々のことを思うと神奈川県の司書たちも楽観視できず、この体制を守っていくためにも日々の研鑽《けんさん》を怠《おこた》らないのはもちろんのこと、学校司書活動の内容や成果を毎年きちんと公開している。採用試験を受ける前からそう教えられ、晴れて職員になってからは駒子もその役割を担っている。

県を八つのブロックに分け、各自で研究テーマを決めて具体的に取り組む。たとえば展示方法の工夫を広く国内から集めたり、本の断捨離についてチェックリストを作るなどしてノウハウを展開したり、学校外の教育機関の利用法を紹介したり。

ごく一部の例外を除き、司書は各校にひとりしか配属されていないので、日々の業務の傍らデータを取ったり取材に行ったり発表形式にまとめたりするのは楽ではないが、孤軍奮闘の職場だからこそ、これまでの研究成果は現場で大いに役に立っている。他校の司書たちとの横の繋がりもありがたい。

特に駒子の場合、初めての赴任先が閉校の決まっている工業高校だったため、何から手を付けていいものやら、まごつくどころか棒立ち状態だった。もしも新人司書へのサポート態勢が整っていなければ、与えられた予算内で本を買い、ラベルを貼って棚に並べる作業しかできなかっただろう。閉校までの二年間、利用率の低さを嘆くだけで、何もせずにぼんやり過ごしたのかもしれない。

けれど地域ブロックの会合に出席し、先輩たちから困ったことがあったらなんでも相談してと言われ、資料の活用法を伝授され、「大丈夫、できることからやればいい」「掃除だって立派な活動」「見ている人は必ずいる」「ひとりの生徒でも変わってくれたら素晴らしい」、そんな言葉にとても励まされた。背中を押してもらい、なんとか一歩が踏み出せた。

まさに恩人である。その恩人のひとりである杉浦が、今日の会合の途中から、「このあと時間ある？」「聞いてもらいたい話があるの」「お願い、よろしくね」と駒子や富田に耳打ちした。

駒子は独身のひとり暮らしで、富田は夫とのふたり暮らし。どちらも自由度が高い。杉浦には小中学生の子どもがいてまだまだ手がかかるものの、職住近接の夫に任せられるという。これまでも会合のあとに食事やお茶はよくしていたが、杉浦から話があると言われてレストランに寄ったのは初めてだった。

身構えつつも店の奥のテーブルにつき、思い思いの料理を注文していると、それらが運ばれてくる前に杉浦は話し始めた。

「一昨日の水曜日、思いがけないことがあったの。朝、いつものように職員室で朝の打ち合わせがあって、そのあと保管庫から鍵をもらって図書館に向かったのよ。鍵を開けて中に入ったら、飾ったばかりのディスプレイがめちゃくちゃになっていた」

思わず聞き返す。

「ディスプレイが？」

「新しく掲げたテーマは『世界を知ろう』。各国の事情が書かれたノンフィクションや写真集、小説を、数ヶ月前から準備して丹精込めて陳列したのよ。そのイベント台のすべてが破壊されて見る影もない。前の日に帰るときにはなんの異状もなかったわ。大急ぎで室内を調べたら、窓の鍵は全部内側から閉まっている。出入り口は私が鍵を使って入った一カ所だけ。誰がどうやってなんの目的でひどいことをするのか。図書館への侵入方法もわからないし、荒らされるような心当たりもない」

途方に暮れたような顔をされ、駒子は思いつくまま口にした。

「もしかして犯人は杉浦さんの目を盗み、夜の間どこかにこっそり隠れていたんでしょうか。前の日に帰るとき、もちろん点検はされたでしょうが、棚の間を見てまわるくらいですよね。私も毎日その程度です。まさか見つからないように隠れている人がいるなんて思いもしません。でもその『まさか』があったら……。図書館は死角の多い場所ですし」

見通しの悪い本棚の間を、点検する人の動きに合わせて移動されたら発見は難しい。

「隠れることはできるかもしれないけど、そのあとどうするの？　翌朝、私は鍵を開けて中に入ったのよ。それまで閉じ込められていたってこと？」

「そうなってしまいますね。えっと、鍵の管理は？」

「幾田高校はすごく厳しいの。図書館に限らず特別教室で普段使いしている鍵はどこも一本だけ。合鍵はなく、その一本を職員室の鍵付きキャビネットで管理している。持ち出せるのは登録されている責任者や担当教諭だけ。生徒には絶対に預けない。万が一の紛失に備えてもう一本が用意されているそうだけど、事務室の金庫の中だって聞いたわ。今まで見たこともない」

今回のことで金庫を確認してもらったところ、異状はなかったと言う。

金庫にはいよいよ手を付けにくいとして、日頃利用されているのは職員室にある保管庫の鍵だ。教職員ならば持ち出せるかもしれないが、ディスプレイ荒らしは大人がすることとは思えない。

「前日の点検はたしかに甘かったかもしれないけど、翌朝はディスプレイの惨状を見て、隅々まで念入りに調べたわ。こっそり逃げられないよう物音や気配に気をつけながら、本棚の置かれたフロアはもちろん、準備室も書庫も。でも誰もいなかった」

「杉浦さん、前日は何時頃に帰りましたか」

「十七時五分くらい」

「次にドアを開けたのが翌朝の八時だとすると、十五時間ですか」

小さな子どもでもない限り、一晩くらい帰らなくても大ごとにはならないだろうが、十五時間は大人でも長い。防寒具や食料品は持ち込めたとしてもトイレは困る。

「さすがに、ずっと隠れていたとは考えにくいですね」

「でしょう？　朝の段階で人の気配はまったくなかったし」

運ばれてきたフィッシュ&チップスを豪快に食べていた富田が、空腹を落ち着かせたのかやっと話に加わる。

「幾田高校って、図書館は三階だったっけ」

「はい。第一校舎の三階です」

「なら、窓からの侵入も難しいわねえ。窓の鍵は内側から締まっていたそうだけど、一階ならば私たちには考えもつかない方法があるかもしれないでしょ。たとえば窓枠ごと外して中に入り、用事をすませて元に戻して優雅にトンズラとか。どこかにそういう漫画があってもおかしくない」

「漫画の話はいいです。スパイダーマンやドラえもんの壁抜けグッズなど、言い出したらきりがないです」

杉浦にとっても富田は十歳近く年上なので、日頃は言葉遣いや接し方に目上の人への配慮を感じさせるが、気兼ねなくぴしゃりと言い放つときもある。

「まあ、それはそうよね。でもさ」

富田も負けていない。

「幾田高校なら、漫画に出てくるようなイケメンの先生がいるじゃない」

それを聞いて駒子もつい口を挟む。

「保健室の先生でしたっけ。この前、資料を見返しているときに写真を見つけました。ほんとうにかっこいい。綺麗に整った顔立ちで、知的な雰囲気もあって優しげで。おいくつなんですか」

「アラサーでしょ。三十前後。あんな人が保健室にいたら、恥ずかしくて変な病気じゃ行けないわ」

「ちがう病気になりそうです。熱が出て」

「とりあえず、転んで足をくじいてみたいわ」

「靴下、取り替えてから行かなきゃ」

「ふたりとも」

杉浦の冷ややかな声に「すみません」と首を縮める。駒子だけでなく富田まで。

注文していたムール貝の酒蒸しが運ばれてきた。テーブルの真ん中を空け、残っていたサラダを取り分けて皿を片付けたり、追加の飲み物を頼んだり。あつあつのムール貝には三人の手がせっせと伸びる。

貝類が大好きな杉浦の機嫌もなおり、富田に話しかける。

「イケメンの先生って高槻《たかつき》淳《じゅん》也《や》先生ですよね。以前分科会に呼んで、お話を聞かせてもらったことがあるでしょう？　残念ながら私その頃、関東の司書発表会の手伝いをしてて、ブロックの集まりは出られなかったんですよ。もう五、六年前になりますかね」

「そんなになるかしら。星川さんも写真を見ただけ？　会ってはいないのね」

「はい。学校行事があって参加できなかったんです」

分科会が行われたのは工業高校にいた頃だ。まだ新米で、勉強になるのはわかっていたが、学校から頼まれた用事を断ることもできなかった。

「重なるときは重なるのよ。出られない会ほど気になるし。あのときはたしか『思春期における読書の役割』というテーマで話してもらったの。専門家の目線や意見って、いつもいい刺激になるでしょ。イケメンなんて茶化しちゃったけど、若いのに生徒をしっかり見てるし、本もよく読んでるし。聞き応えがあったわ。年度ごとの『まとめ』にはちょっとした報告しか載せられなかった。もしよかったら、当日の議事録は私のパソコンにもあるから、送ってほしかったら言ってね」

　駒子も杉浦もすかさず「お願いします」と手をあげた。富田は破顔してうなずく。好奇心が強く研究熱心というのは司書の特徴かもしれない。

「あれから何年も経ってるなら高槻先生のお話、また聞いてみたいわね」

「ぜひぜひ。同じ学校にいても話す機会はほとんどないんですよ」

「みんな忙しいから。お変わりはない？」

「最近はピアノに凝ってます」

「ピアノ？」

　富田は聞き返し、駒子も口の中のサラダを飲み込んで聞き耳を立てる。

「子どもの頃にピアノを習っていたそうで、最近、再開したみたいです。放課後、音楽室のピアノを弾いているんですよ。音楽の先生に教えてもらいながら。ちなみに、その音楽の先生は五十代後半の男性です。ｎｏｔダンディの方向で」

「あら。妄想が遮断される」

「しといてください。生徒が帰ったあとの静かな時間帯に弾いていますが、窓が閉まっているのでまったく聴こえません」

「もったいない。聴きたいわ」

「ですよね。イメージからするとドビュッシー？」

「そうね。『月の光』や『亜麻色の髪の乙女』もいいんじゃない？」

「もう。ふたりとも」

「『アラベスク』もお願いします」

気の置けないいつもの雰囲気で飲んだり食べたりしていると、ムール貝の最後のひとつが消えて、杉浦から「さっきのディスプレイ荒らしの件、ちゃんと考えて」と強く話題を戻された。

駒子はいくつか言葉を返したあと、メモ用紙を取り出しペンを走らせた。
・場所は幾田高校の第一校舎三階にある図書館。
・前日の帰宅時には異状がなかったのに、翌朝フロアに入ってみると、ディスプレイが荒らされていた。
・学校側の鍵の保管はしっかりしている。
・窓の鍵も全部閉まっていて、出入り口は一カ所だけ。
・前日はさておき、翌朝は不審者がいないか隅々まで調べたが誰もいなかった。
「学校はなんと言ってるんですか」

「生徒のいたずらだろうって。大きな被害は出てないので、しばらく様子を見ましょうと」

いかにもな対応だ。

「ディスプレイは陳列したばかりと言ってましたね」

「図書委員の生徒に手伝ってもらいながら、放課後一気に仕上げたの。壁に世界地図を貼り、華やかなポップを添え、自宅にあった雑貨も飾ったわ。居合わせた生徒たちは喜んで、さっそく貸し出された本もあった。それなのに」

　杉浦はスマホを取り出し、写真を見せてくれた。図書館は書店と異なり、同じ本をたくさん重ねて並べる展示ができない。公共図書館では予約件数の多い本を複数購入する場合があるが、待っている人たちに順次貸し出されていくので棚を温める暇はない。県立高校では基本的に一冊しか購入されない。

　その一冊一冊をテーマに応じて選び並べていくのが、学校図書館ならではのイベント台のディスプレイだ。たとえ一冊でも生徒の目にとまるよう、興味を持ってもらえるよう、展示に工夫を凝らし、作品内容を伝える紹介文にも力を入れる。

　杉浦もそうやって準備万端、整えたのだろうが、写真を見る限り、台に残っているのは数冊だ。本の下に敷いたクロスはくしゃくしゃで、花瓶は倒れ、そこに挿してあっただろうドライフラワーは散らばり、ポップもすっ飛んでいる。次の写真はもっと引いた画像で、ほとんどの本が落とされクロスが垂れ下がり、「めちゃくちゃ」という言葉の意味がよくわかる。

　スマホをのぞき込んでいた富田が手を伸ばし画像を拡大すると、陶製の赤い二階建てバスが床で割れていた。

「被害、出てるじゃない。ロンドンのバスでしょ」

「雑貨店で買った安物なんです。割れてもかまわないと思って飾っていたので、これはいいんですけど」

「うっかり落とすのと、割られるのはちがうわ」

「悪意があったんでしょうか？　図書館って反感を持たれるような存在ではないと思うんですが、そのあたりは気になります」

　不安げな杉浦に、駒子も言葉をかける。

「図書館全体に悪意が向けられたのではなく、もっと個人的な恨みかもしれませんね。本が破られたり踏みつけられたりはしていませんでしたか？」

「それはなかった。床に当たったはずみか、角が潰れている本はあったけど、それも少しだし。学校側が大したことないと判断するのは無理からぬことなのよね」

　この一件で収まればの話だ。

「その後は特に変わったことは起きてませんか？」

「ないんだけれども、心配事は現在進行中よ」

　ため息がちに杉浦は続ける。

「水曜日の朝、図書館に来た生徒も荒れたディスプレイを見てしまったの。他の先生を呼びに行ったりして助けてもくれたんだけど、噂はじわじわと広がって。いつの間にか、図書委員のひとりが犯人扱いされてた」

杉浦の話によれば、図書館の一件の前に理科室でもトラブルがあったそうだ。そちらは閉め忘れた窓から夜中のうちに雨風が吹き込み、実験用具が壊れたという不可解でもなんでもない出来事だった。なのに今回の事件とひとくくりにされ、部活動である「科学部」と図書委員を兼任している男子生徒が疑われた。

さらに問題のあった日の放課後遅く、すでに図書館の閉まっている時間に近くの廊下で彼を見かけたという生徒が現れ、噂の信憑性が増した。

「杉浦さんはその男子生徒は無関係だと思っているんですか」

「まあね。疑う以前に、鍵のかかっていた図書館にどうやって入ったのか、その方法だってわかってない。ディスプレイを荒らす理由に心当たりもない。なのに生徒たちは先走って憶測や印象で語り、中には犯人だと決めつける子も出てくる。よくないでしょう？　悪い流れを早く断ち切りたい」

学校はちがえど高校生たちと日々接している駒子には、杉浦の懸念や危惧がリアルに伝わる。明るく優しく、思いやりも常識も備えているように見える生徒たちが、ときにぎょっとするほど冷酷な態度を取る場合がある。むかつくという理由で相手を排除したり、追い詰めて面白がったり、嘘をついて罠にはめたり、服従を強要したり。駒子も気がついたときには声をかけるようにしているが、どれくらい響いているものやら。歪みや闇を抱えている子は多い。せめて、ぶつけられる側を守りたい。

「男子生徒は反論していないんですか」

「はっきりちがうと言えばいいのに、目を伏せて口ごもったらしい。それでよけいに疑われている。私が聞いたときには、絶対やってないと否定してくれたのよ。今のところそれを信じている。口下手で社交性のないおとなしい子なんだけど、伊坂幸太郎《いさかこうたろう》や米澤穂信《よねざわほのぶ》の本が好きで、最近は小野寺史宜《おのでらふみのり》もよく読んでいる」

すかさず富田が「いい趣味してる」と言い、駒子も「信頼できます」とうなずいた。

「その子のためにも密室の謎を解き明かしてほしい。目立つ子たちから『密室男』と小突かれてもやり返せず、『ちがうよぅ』って弱々しく笑うだけなんだもん。歯がゆいわ」

目に浮かぶような光景だ。杉浦も富田も駒子も憂いを顔に出してため息をつく。

図書館だけはオールマイティの安全地帯でありたいと常々思っているのに、その図書館が生徒を脅かしているとは。ゆゆしき事態に他ならない。

*

翌週の月曜日、自分の職場である戸代原高校の図書館で、駒子は出入りの書店員から配達された雑誌を受け取った。「ユーカリ書店」で働く針谷敬斗だ。ふだんは仕事のやりとりが一段落したところでちょっとした雑談に入るのだが、今日は聞いたばかりの杉浦の相談事を話した。

以前、針谷は幾田高校の出身だと聞いていたからだ。案の定、興味津々という顔で耳を傾けてくれる。

「密室と言うと大げさですけど、鍵のかかった閉ざされた部屋であったことはまちがいないみたいです。まずは侵入経路が謎なんですよね。針谷さん、母校だったら校舎の形や位置関係はご存じですよね。何か、思いつくことはありませんか」

「はあ」

真剣に聞いてくれたわりには覇気のない声を出し、視線を宙にさまよわせる。

「どうかしましたか」

「すみません。ちょっと考え事を」

「考え事？」

針谷は書店員という接客業に就いているのに、吊り目できりっとした顔立ちのせいか、子どもに泣かれたりお年寄りに避けられたりするのが悩みだそうで、仕事中は目尻を下げるよう意識していると話してくれたことがある。でも今は伏し目がちで眉根を寄せ、頭も傾けている。考え込んでいるというより困り顔に見えた。

「ぼくは今年、二十九になります。幾田高にいたのは十年ちょっと前ですね。そのときも密室騒ぎがあったんですよ」

思わず「えっ」と素《す》っ頓狂《とんきょう》な声を出してしまう。あわてて口を押さえ、フロアの奥で自習をしている子たちに目を向けた。聞こえなかったようでホッとする。

「なんですかその、密室騒ぎって」

「司書の先生が朝、いつものように図書館の鍵を開けて中に入ったら、棚の本がみんな、背表紙を逆にして差してあったんです」

すぐには意味がわからず首を傾げると、針谷はフロアの棚に歩み寄り、並んでいる一冊を引き抜いた。ひっくり返し、背表紙が奥になるようにして差し込む。「小口」と呼ばれる、本を開く部分が見えるようになる。

「こんなふうに背表紙ではない方がずらりと並んでいたわけです」

その光景を想像し、駒子は顔を引きつらせた。

背表紙が見えて当たり前なのに、小口がずらりと並んでいるなど、まさに図書館的天変地異だ。じっさい目にした人は度肝を抜かれたにちがいない。もしも自分だったら、混乱のあまり泣き出したかもしれない。

「ありえないですよ。司書さんも驚きを通り越し、悪夢を見ていると思ったのでは」

「ほんとうに気の毒以外の何ものでもない。でも現実にあった話なんです」

「誰が、なんのためにそんなことを。ああでも、私が聞いたのはディスプレイが破壊されたという事件で、小口ずらりとはだいぶちがいます」

「前の日までなんの異状もなく、翌朝、鍵を開けて中に入ったら異変が起きていた。窓の鍵も閉まっていて外部からの侵入は不可能という状況は似てますよ」

そう言われて駒子も思い直す。

「だったら、今回の事件が二度目だとすると、一度目は侵入方法がわかったんですか？」

針谷は「いいえ」と首を横に振る。

「残念ながら卒業するまで解き明かされず、今に至るまで謎のままです」

「そんなに大きな出来事が未解決ですか」

「ずっと気にはなっていたんです。星川さんの話を聞いたとき、思い出して内心ゾクッとしました」

「棚の本をすべて逆にして差すなんて、手間暇からして半端ないですよね。高校にある図書館の蔵書数は平均で二万七千冊と言われています。幾田高の蔵書数も二万冊は超えていたはず」

「すみません。いささか盛っています。被害を受けたのはフロアの中央部分に置いてある棚のみです。それでもかなりの冊数になりますが。壁の棚や自習机の奥にある棚は手つかずだったと聞きました」

　そこで初めて針谷自身の目撃談ではないことを知った。彼は中高を通じてサッカー部に所属していたので、読書の機会は減っていたという。仲の良かった友だちが図書委員で、その友人は異変のあった当日の朝も司書の先生にくっついて図書館に向かい、先生と同じタイミングで目を疑う光景に遭遇した。

「時期はいつくらいでしたか？」

「卒業式を数週間後に控えた二月半ばです」

「針谷さん自身の卒業式ですか」

「はい。すでに三年生は自由登校になっていたので、進路が決まった生徒は雑用を押しつけられたり、やっと決まったやつは報告に来たりしていました。ぼくは推薦入試だったので冬休み前からいろいろ押しつけられて。図書委員の友だちは二月頭に決まったばかり。ハイでしたね。お互い暇にまかせて推理合戦を繰り広げたんですよ。真相は結局わからずじまいで、卒業式の日は名探偵にはほど遠いとけなし合いました」

懐かしさもあるのだろう。目元も口調も柔らかい。

「異変は一度だけでしたか？」

「そのあと似たような事件があったとは聞いていません。そうそう、もうひとつ重要なポイントがあります。フロアの棚にはずらりと小口が並んでいたわけですが、中に三冊だけ、正しく背表紙を向けた本がありました」

針谷が指を三本立てる。なんの本ですかと駒子は前のめりに尋ねる。

「一冊は『十二番目の天使』」

「翻訳本？　作者はオグ・マンディーノでしたっけ」

「さすが。よくご存じで」

「二冊目は？」

「『34丁目の奇跡』」

「あ、それならうちの図書館にもあります。もう一冊は？」

少し間を空けてから針谷は言う。

「百人一首に関する本です。『百人一首のひみつ』とか『覚え方』みたいな」

これは手強いと瞬時に思った。二冊目までは外国の話で、三冊目だけ日本の古典。

繋がりがまったく見えない。

立ち尽くしていると針谷のスマホに電話が入った。次の仕事先に行かなくてはいけないらしい。ちょっと待って。もっと聞かせて。そう引き留めたかったが、すみませんと恐縮しながら針谷は足早に引き上げてしまった。

後に残され、しばらくぼんやりして、ハッと我に返る。フロアに目をやると、なんら変わることなくいつも通りに背表紙が並んでいて、駒子はほうっと息をついた。

＊

気持ちを切り替え、それまで進めていた資料整理に戻ったものの、さっきの三冊がたびたび脳裏をよぎった。

閉ざされていた部屋への侵入方法も気になるが、本を逆に並べた理由はもっと気になる。さらに、正しく置かれていた三冊に込められた意図はとても知りたい。

どう考えても膨大な手間暇をかけているのだから、必ずや意味があるはずだ。密室の謎がいまだに明かされていないということは、この三冊の狙いもはっきりしていないのかもしれない。

もしそうだとしたら、特定の誰かに向けたメッセージ？

『十二番目の天使』は愛する家族を不慮の事故で失い、生きる気力を失っていた男性が野球好きの少年と出会い、変わっていく様子を描いた物語で、作者のオグ・マンディーノは一九二三年生まれのアメリカ人。

『34丁目の奇跡』は、サンタクロースを自称する施設暮らしの高齢男性が多くの人の心を潤し、精神病院に送られるという彼自身の危機を、人々の善意が救うという話だ。作者はヴァレンタイン・デイヴィス、一九〇五年生まれのアメリカ人。

各国で翻訳出版され、映画化や舞台化もされて大ヒットとなった。心温まる珠玉の名作という共通点もあるのだけれど。もう一冊の「百人一首」は言わずと知れた鎌倉時代の秀歌撰。藤《ふじ》原定家《わらのていか》が小倉山《おぐらやま》で編んだ『小倉百人一首』に関する本が、背表紙を向けていた。

三冊を頭の中に並べ、駒子は「うーん」と低い声を出す。強いて言えば、三冊ともタイトルに数字が入っている。

十二と三十四と百。

図書館で数字と言えば真っ先に浮かぶのは分類番号だ。

日本十進分類表と照らし合わせると、１２は東洋思想、３４は財政。１００は存在しない。もともと分類は０の「総記」から始まり９の「文学」までに設定されているからだ。

資料のすべてが十に分けられ、そのひとつひとつがさらに十個に分けられている。たとえば東洋思想は１２で、１３が西洋哲学、１４が心理学といった具合に。

表記として三桁で表す場合もあり、そのときは「０」だった「総記」が「０００」となる。「１２」だった東洋思想は「１２０」になる。３４の財政は「３４０」。三桁表記ならば「１００」もある。「１」と表されていた「哲学」が「１００」になるので。

しかし、「哲学」や「財政」にどんなメッセージを込められるものか。

悩んでいるうちに放課後になり、駒子はカウンターを図書委員に任せ、棚にある『34丁目の奇跡』を手に取った。眺めまわしてもページをめくっても何もひらめかず、元に戻して今度は百人一首に関する棚に歩み寄る。トヨ高には『一冊でわかる百人一首』という本があったので、抜き取って再び眺めまわす。やはり何も思いつかない。

図書館ではなく、学校という枠組みで考えてみると、数字と言って浮かぶのは出席番号だ。けれど１２や３４はさておき１００はない。

「先生それ、百人一首でしょ」

本を手にぼんやりしていると顔なじみの女子生徒が話しかけてきた。

「先生はなんの歌が好きですか。本を見ないで言ってみてください。今、頭に浮かんだその和歌」

「えー。いきなり言われても。なんだろう」

女子生徒は、駒子の持っている本を自分の手のひらで隠そうとする。いたずらっ子そのもののような目に、流行の漫画を思い出した。

「私だったらあれよ。『ちはやふる　かみよもきかず　たつたがは』」

「知ってる。ねえねえ、よっちゃん、ちょっと来て。ちょっと」

近くにいた友だちを呼び寄せ、駒子に説明する。

「よっちゃん、すごいんですよ。百人一首、全部知ってるんです」

「遊びで覚えただけだよ」

「先生の好きな歌、『ちはやふる』だって」

「ああ。『ちはやふる　神代《かみよ》も聞かず竜田川《たつたがは》　からくれなゐに水くくるとは』、十七番目の歌ですね」

「私の好きなのは『割れても末に逢はむとぞおもふ』。素敵。会うわ、絶対」

「『瀬をはやみ　岩にせかるる滝川の』ね」

「よっちゃんの好きなのはなんだっけ。番号は覚えているよ。私の出席番号、三十三番」

「『ひさかたの　光のどけき春の日に　しづ心なく花の散るらむ』。うん。綺麗だわ。情景が浮かぶしリズムもいい」

　ふたりのやりとりを聞きながら、駒子は呟いた。

「そうか。百人一首には通し番号がついているのね」

　番号と自分で言ってハッとする。

「ねえ、十二番はどういう歌？」

　よっちゃんが答えてくれる。

「『天《あま》つ風《かぜ》　雲の通ひ路吹きとぢよ　乙女の姿しばしとどめむ』」

「ほう。乙女か。もうひとつ、三十四番も教えてくれる？」

「『誰をかも　知る人にせむ高砂《たかさご》の　松も昔の友ならなくに』」

友という言葉を聞き、ひょっとしてという気持ちが強くなる。もともと和歌には秘められた意味がある。それを使って自分の思いや考えを表すことは可能ではないだろうか。

「どうしたんですか、先生」

「ちょっとね。なぞなぞみたいなものを解いているの。ヒントは１２と３４という数字かもしれなくて」

　ふたりの女の子は「へー」と声を揃える。

「１２と３４。数字がふたつ」

「足せば４６ね」

「よっちゃん、暗算も得意だよね」

「小学生レベルだよ」

　のどかな笑い声を聞きながら「そうか」と膝を叩きたくなる。

「足すって考え方もあるわね。念のため四十六番目の和歌も教えて」

「『由良《ゆら》の門を　渡る舟人《ふなびと》かぢを絶え、ゆくへも知らぬ恋のみちかな』」

　駒子と、最初に話しかけてくれた子は「おお！」と反応する。顔を見合わせ、「恋だって」「きゃー」という雰囲気。もともと百人一首に恋の歌は多い。

「ちなみに、引き算をすると２２ですね。それだと『吹くからに　秋の草木のしをるれば　むべ山風をあらしといふらむ』になります」

　まさに生き字引だ。本をめくるより早い。

「かけ算だと１２×３４は４０８なので、百から外れてしまいます」

「割り算も無理ね。ありがとう。いろんな意味ですごく助かった。なんとなくわかりそうな気がしてきた」

女子生徒たちは大らかな笑顔をのぞかせ、今度一緒にカルタ取りをやろうと言うが、よっちゃんは読み手になってもらう以外にないだろう。そんな話をしたあと、ふたりは軽やかな足取りで通路の向こうに消えていった。

駒子は手にした本をもう一度開き、掲載されている和歌に添えられた番号を確かめた。

二冊の翻訳本と、日本の古典。

そこから導き出されるいくつかの和歌。

おとめ、とも、こい、あらし。

これらの言葉は謎を解く手がかりになりえるだろうか。

*

頼んであった新刊書籍を配達するために、針谷がやってきたのは二日後のことだった。

伝票と本を一緒に差し出しながら、この前は中途半端ですみませんでしたと謝る。

「そうよ。あのあとずっと考えていたの。前後が入れ替えられた膨大な本と、正しく背表紙を見せている三冊の本。どういう意味があったのかなって」

「何か、わかったことはありますか?」

黙っていると冷たく見えがちな吊り目をいつも気にしている針谷だが、今日は好奇心旺盛な少年っぽさをのぞかせ、口元がほころんでいる。なかなか爽やかだ。

「最初は図書館ならではの分類番号を表しているのかと考えたんだけど、そこから先には進めず。棚の前でぼんやり百人一首の本を眺めていたら、生徒が和歌と番号を結びつけたんです。収録されてある歌にはすべて番号が振ってあるんですよね」

駒子は用意していたプリントをカウンターの内側から取り出した。

十二番「天つ風　雲の通ひ路　吹きとぢよ　乙女の姿しばしとどめむ」
三十四番「誰をかも　知る人にせむ高砂の　松も昔の友ならなくに」
四十六番「由良の門を　渡る舟人かぢを絶え　ゆくへも知らぬ恋のみちかな」
二十二番「吹くからに　秋の草木のしをるれば　むべ山風をあらしといふらむ」

針谷はプリントを見るなり楽しげにうなずいた。目が生き生きと輝いているように感じられ、駒子の気持ちも浮き立つ。

「この推理であってますか？」

「結局わからずじまいだったのでハイとは言えないんですけど、ぼくも当時、この和歌に行き着きました」

「高校時代の針谷さんですね？」

駒子が笑いかけると針谷は白い歯をのぞかせた。どんな高校生だったのだろう。

「これらの和歌に、乙女、友、恋、あらしなど、気になるキーワードがあるんですよね。特定の誰かに向けたメッセージになりえるかもしれないと思ったんですけど、私にはここから先がわからなくて。針谷さんは何か思いつきましたか？」

「ぼくにはひとつだけ、引っかかることがありました。あのときあの高校にいたからこそわかることです。よかったら聞いてください」

「もちろんです。ぜひ」


針谷は高校でサッカー部に所属していたが、弱小チームだったので夏の予選で早々に敗退すると三年生は引退になった。十一月に推薦入学が決まり、短期のバイトをいくつかこなしつつ、クラス担任に頼まれた雑用も引き受けていた。

担任の小松《こまつ》先生は音楽科の教師で、ふだんは職員室ではなく音楽室にいる。卒業制作に関するプランや懇親会についての意見書などを携え、針谷は何度となく、第二校舎にある音楽室に足を運んだ。

先生は音楽部の生徒を指導していることもあり、手が空くのを待つ間、ピアノの後方にある窓辺に歩み寄り、カーテンの隙間から外を眺めた。視線の先に第一校舎が建っているので見晴らしはよくない。背の高い常緑樹が間に植えられ、校舎そのものも見えにくい。目を引くのは枝から枝に飛び移る小鳥だけ。

そんなある日、向かいの第一校舎の窓辺に人影がちらついた。背が高いのと、それより少し低いの。ふたりいる。斜め上に見えたので三階の図書館だろう。音楽室同様、廊下の突き当たりにある。ぼんやり視線を向けていると、ふたつのシルエットがひとつに重なった。ドキッとした。しばらくして少し離れたが、なおもぴったり寄り添っている。

いったい誰だ。カーテンの間から目を凝らすと、遠目でもわかるほどひとりは顔の造作がよかった。たびたびモデルにならないかと声をかけられ、じっさい、ファッション雑誌の街角スナップ特集に掲載されたこともある生徒だ。綺麗なのは認めるが、いつもツンとしていて打ち解けにくい。同学年だがクラスは異なり、図書委員の友だちを探しているときに口をきいたことがあるような、ないような。

それが背の低い方で、高い方は学生服を着ていない。くっついていたふたりが窓辺から離れるときに、相手がスーツ姿であり、社会科の教師であることもわかった。

見る人が見たら大変なスキャンダルの発覚だ。噂話が賑々しく校内を駆けまわったにちがいない。

けれど目にしたのがスクープ好きにはほど遠い自分だったので、火種は煙の一筋さえあげることなく消え去った。他から噂話が聞こえたら、仲のいい友だちに「実は」と話すくらいの気持ちはあったが、その機会もないまま年が明け、自由登校になり、三月の卒業が刻一刻と迫るある日。担任に届ける書類を手に音楽室に向かうと、ドアの向こうで話し声がした。

「聞いたわよ。ついに、ね。婚約おめでとう」

小松先生の声だ。相手の声は聞きづらい。

「あら、そうなの。大丈夫よ。口は堅い方だから。公表していいときになったら教えてね」

そんな言葉のあと、足音が聞こえたのでドアから大きく離れた。たった今、廊下の向こうから歩いてきた顔をする。ドアが開いて出てきたのは例の社会科教師、檜原《ひのはら》だった。

すれ違って音楽室に入り、彼の姿が遠ざかるのを確かめてから担任のもとに駆け寄った。

「檜原先生、婚約したんですか。結婚するってことですよね」

「あらやだ。聞いてたの？」

「相手は誰ですか」

「黙っていると約束したばかりなのよ。あなたも内緒にしてね」

「相手が誰なのか、教えてくれたら黙っています」

脳裏には人影が浮かんでいた。制服とスーツ姿の、あのふたりだ。

「学生時代から付き合ってる人よ。私の友だちのお嬢さんでもあるの。だから私はそっちから聞いたんだけど、学校にはまだ言いたくないみたいね。口止めされちゃったわ」

「檜原先生の学生時代から？　なら、檜原先生と同じ年くらい？」

「そうね。才気《さいき》煥発《かんぱつ》なお嬢さんよ。お似合いだと思う」

図書館で小口ずらり事件があったのは、それから一週間後のことだった。

針谷の話を聞いてから、駒子はあらためて四つの和歌を読み返した。

図書館の片隅で寄り添っていた生徒と教師。針谷が見たままの間柄だとすると、これまでもふたりは和歌を通じ秘密のやりとりをしていたのかもしれない。公にできない関係だからこそ隠しごとは幾重にも胸を焦がす。互いにのめり込んだのだろう。けれど先生にはもうひとり、結婚を考える相手がいた。生徒にとって許しがたい裏切り行為だ。

檜原先生は知られたくなくて、音楽教師のもとを訪れ口止めを頼んだ。ずっと隠し通せるはずもないが、生徒はあとわずかで卒業する。それまではと計算したのかもしれない。

ところがどこからか、婚約の話が漏れたとしたら。

ふたつの和歌、「乙女の姿しばしとどめむ」も「松も昔の友ならなくに」も切ない。生徒からの必死の訴えのようだ。私はどうなるの？　結婚なんて嘘でしょ。お願い、ちがうと言って。駒子がそれを口にすると、針谷はしかめっ面になった。きつめの顔がさらに研ぎ澄まされ緊迫感をまとう。

「私、見当外れなことを言ってますか？」

「解釈としてはおっしゃる通りです。ただ、図書館のあれ、小口がずらりと並んだ光景にはすごみがあって、『切ない』よりももっと強く激しい意志を感じたんですよね」

駒子はフロアに目を向け、もっとしっかり想像してみる。

時間は日暮れよりあと。電気はつけられなかっただろうから暗かったはずだ。外灯からの明かりが入れば棚などの什器は見えただろう。そして二月。冷え込む季節だ。たとえ着込んだとしてもしんしんと冷えてくる。

そんな中、棚の本を引き抜き、逆にして差し込む。一冊終わればそのとなり。逆にして差し込む。そのまたとなり。またとなり。同じ作業を繰り返し、一段終われば下に移り、一面終わればとなりの棚に移る。

たとえば千冊だったとして、やり終えるのにどれくらいの時間がかかるだろう。

司書として駒子も年に一回は蔵書点検を行っている。一冊ずつバーコードで読み取る作業もあるし、事務の先生も手伝ってくれるのだが、丸一日かかり腕も腰も痛くなる。

「たしかに、すべての本ではなかったとしても、暗くて寒い中、単調な作業を延々とやり続けるには、相当な意志の力が必要ですね」

傷ついて泣いていては為しえない。

「そうなんですよ。ぼくはむしろ強い怒りを感じました。図書館で起きた出来事を知ったとき、檜原先生はぎょっとしたんじゃないですか。たとえば自分の持ち物に、意味深な和歌が紛れ込んでいたならまだしも、大量の本がひっくり返されたんです。目にした人たちの間ですでに大騒ぎになっている」

「生徒との関係を隠しておきたかったなら、半端なく焦りますね」

「はい。学校にバレたらただではすみませんし、婚約者の耳にもいずれ入る。仕事も結婚も失いかねない」

話しているだけで熱気にあぶられそうな気持ちになる。

「『乙女』も『泣く』も手ぬるいですか」

「ぼくが先生の立場だったら、四十六番の和歌がもっとも恐ろしい」

　由良の門を　渡る舟人かぢを絶え　ゆくへも知らぬ恋のみちかな

　由良の門は川と海が出会う河口を意味し、潮の流れの激しい場所で櫓《ろ》を失った舟のように、自分の恋はどこに流れていくかわからないと詠っている。

　図書館の騒動を通じ、「わたし、これから何をしでかすかわかりませんよ」と伝えられたなら、秘密にしておきたかった先生は凍り付いただろう。

　校内放送を乗っ取り、先生との仲を暴露するとか、屋上から告発のビラをまくとか、校庭の真ん中で何かを燃やすとか。報復の手段はいくらでも考えられる。

「恋という名の凶器ですね」

　駒子が言うと、針谷は「まさしく」と首を縦に振った。

「でも小口ずらり事件のあと、次の騒動は起きなかったんですよね？」

「はい。何事もなく日にちは過ぎ、卒業式も無事に終わりました」

「その生徒はどんな様子でしたか」

「いつも通りでしたよ。気安く話しかけられないオーラをまとってツンとしているか、教室の隅でひっそり本を読んでいるか。ごくたまに、同級生がくだらない冗談を言うと笑うこともあったかな。本のページをめくる指がまったく動いてなかったり、ぼんやりしているときが多少はあったかもしれません。でもそれくらいです。一方の檜原先生は学校を休みがちで、風邪をこじらせたと聞きました。三年生の担任を持っていなかったので目立たなかったものの、卒業式も欠席したんですよ。今思えば、恋の刃で切られたり突かれたりを恐れていたんじゃないですか」

相手の生徒に合わせる顔がなかったのだろうが、あの歌を思うと、復讐に恐れを抱いても不思議はないような。

「結婚の話は？」

「予定通りに、ぼくの担任の友人のお嬢さんと、その年の秋に式を挙げました」

駒子は再びフロアの書棚に目をやった。たった三冊、その背表紙で、渦巻く自分の感情を解き放つこともできるのだ。

脳裏には見たこともない生徒の姿形がよぎる。付けられた傷がわからないほど強い光をまとい、唇をしっかり結び、目を前に向け、学校の廊下をまっすぐ進む。その道は今、どこに通じているのだろう。

思いをはせていて、ふと気付く。

「謎の答えにすでにたどり着いてたんじゃないですか？」

「いいえ。肝心の、図書館への侵入方法がわからなかったんです。ぼく自身の高校時代の話、生徒と先生の逢瀬《おうせ》や、音楽室で立ち聞きしたことは事実ですけれど、背表紙を使って和歌を伝えたという説は確証もなく、思いつきのひとつでしかなかったんですよ。侵入方法についてはいろいろ想像しました。実は天井から入れるルートがあるとか、窓に仕掛けがあって、スパイダーマンよろしく壁づたいに入ったとか、簡易トイレ持参で隠し部屋にこもったとか。背表紙の謎もただの遊びとか、暗号とか、何かの暗証番号とか。でも、今また同じ幾田高の図書館で、密室状態の事件が起きたと聞き、初めて真実の尻尾を摑んだ思いです」

「どういうことですか」

「合鍵です」

　針谷はそう言って指を一本立てた。

「図書館の鍵は職員室で管理し、司書の先生は毎朝そこから持ち出すと聞きました。でも他の先生が使う機会も、ときどきはあるんじゃないですか」

「はい。研修会などで学校に来られない日や不在になる時間は、図書館を閉めてしまいます。生徒は入れませんが、教科の先生でしたら職員室から鍵を持ってきて、調べ物などをすることができます」

　檜原先生は社会科の先生らしい。図書館を頻繁に利用してもおかしくない教科だ。そして社会科は複数の教員がいるだろうから、準備室を秘密裏に占有するのはむずかしい。

　その点、図書館には司書がひとりしかいない。不在のときを狙って生徒を呼び寄せ、内側から鍵をかければ安全な密室のできあがり。その鍵を校外に持ち出し合鍵を作れば、出入りはさらにしやすくなる。放課後、司書が帰ったあとにいくらでも忍び込める。

「合鍵を生徒に渡していたかどうかはわかりません。もしかしたら合鍵の合鍵を、生徒はこっそり作っていたのかもしれない。親密な間柄だと、ポケットから抜き取ることは可能でしょうから。いずれにせよ、それがあれば図書館への出入りが自由になり、棚の本を入れ替える機会も時間も作れます。檜原先生だけは侵入方法に気付いたでしょうが、誰にも言えなかった」

　駒子は苦い吐息を漏らした。針谷の説が真実だとすると、図書館をなんだと思っていると毒づきたくなる。少女漫画ならば、悩み多き女生徒と若い教師が出会って言葉を交わし、惹《ひ》かれ合い、悪いと知りながら図書館の片隅で寄り添う構図になるのだろうが、司書からすれば「変なことに使うな」の一言だ。忍び込むなどもってのほか。

「今回の幾田高校の出来事も、十数年前の合鍵が使われたってことですか」

「合鍵があればできることだなと思いました」

　作る方法があり、作られた可能性があり、その鍵が残っている可能性もある。

「そしてまた、誰かがこっそり逢い引きでもしてるんですか。杉浦さんに言ったら、大激怒した上に直ちに鍵を変えますよ。三カ所くらい鍵を増やすかも。うちも増やしたい。暗証番号とか指紋認証とか追加したい」

「星川さん、落ち着いて」

「だって、今回の幾田高の場合、主な被害はディスプレイが荒らされていたことです。最初から事件を起こそうとして侵入したのではなく、逢い引きのために入ったとしたら、あやまって壊しただけかも。なんて人騒がせな」

　駒子は自分の預かる図書館のディスプレイコーナーに歩み寄った。針谷もついてくる。今の展示は昨今話題のＳＤＧｓ、「持続可能な開発目標」を取り上げている。学生に興味を持ってもらうのが一番なので、あちこちの書店でじっさいに本を見比べ、他校の司書の意見も聞きつつ、コミカルな表紙の入門書や興味を惹きそうなガイドブックを並べている。針谷に配達してもらった本なので彼もよく知っているが、今はその下に敷いた布を指さす。深緑色のテーブルクロスだ。

「今回は小さめのクロスを敷いてますが、台を覆って下に垂れているような大判のクロスを使うときもあります。この前で躓《つまず》いたりして布を摑んでしまったら、上に置いた本は弾みで滑り落ちますよね。綺麗に陳列されたディスプレイがめちゃめちゃになります」

　針谷は軽く握った拳を顎にあてがいうなずく。

「故意に破壊したのではなく、事故ですか。司書の先生が戸締まりしたあとなら電気も消えてますし、躓いたりぶつかったりすることも考えられますね」

「目的はあくまでも逢い引きで」

　思いっきりしかめっ面になる。なんなら針谷に恨みがましい目を向けてしまう。彼はひるんだように身を反らしてから言う。

「でも、あやまって本や飾り物を落としたなら、なぜ片付けなかったんですか。暗くてもある程度は手探りで戻せるでしょう？　ふたりいれば協力してスマホで照らせますし」

「それは、そうですね。ある程度元に戻っていればごまかせたかも。でも、しなかった」

「急いで帰った理由として考えられるとすれば。ああ、閉門時間？」

部活動や委員会、生徒会などで放課後遅くまで残る生徒はいる。トヨ高の場合十八時が下校時間に設定されているが、後片付けなどを考慮して門はすぐには閉めない。十九時が閉門時間で、それ以降は特別な許可証がないと校門から出られない。幾田高校も同じだったはず。

「閉門時間を気にするなら、図書館にいたのは生徒ですね」

「逢い引きが事実なら相手もその場にいたということです。先生が相手ならば、閉門時間を気にしなくてもいいので、生徒を先に帰してディスプレイを元に戻すことはできたはずです」

「だったらふたりとも生徒？」

いい度胸だと言ってやりたいが、針谷はうなずかなかった。

「十九時より前に出なくてはいけない場所で、生徒たちがわざわざ会いますか？　校門の外の方が自由度は高いでしょう？」

言われて一理あるなと思う。生徒同士なら閉館後の図書館にこもる理由が必要だ。先生と生徒の組み合わせなら、先生が落ちた本を片付ければいい。疑問点がすぐに出てきて、辻褄《つじつま》が合わなくなる。考え込む駒子を気遣ってか、針谷が「すみません」と恐縮した。

「ついつい、ああでもないこうでもないと言い過ぎてしまいます。理屈っぽいのもよくないですね。ただでさえお時間を取らせてしまっているのに」

「いいえ。何があったのか知りたくて、私の方がいろいろ考えてしまって。もしかして、図書館で生徒が先生を待っていたんじゃないですか。閉門時間のぎりぎりまで。けれど先生は現れず、大急ぎで帰ろうとしたときに台にぶつかり、直す時間がなくてそのまま帰ってしまった」

「それならありえますね」

同意しながら針谷は斜め上の天井を見ていた。彼も何か考えているのだろうか。それともクールダウン中だろうか。

十数年前もそんな横顔で窓辺に立っていたのかと、ふと思う。音楽室のピアノのそば。視線の先にあったのは図書館の窓。

「あれ？」と駒子は声にならない声を上げた。気がついたこと、思いついたことがあったが、さすがに時間を取りすぎている。針谷も自分も本来の業務に戻らなくてはならない。だから飲み込んだ。

もう一度よく考えてみよう。安直に飛びつかず、まずは落ち着こう。

*

その日の放課後、駒子は杉浦に電話をかけた。出入りの書店員である針谷が幾田高の出身者なので、今回のトラブルを相談してもいいかと事前に聞いていた。了解を得ていたので話もスムーズだ。

彼の学生時代にも、戸締まりをしてあった図書館で不可解な出来事があったと言うと、杉浦はとても驚いた。小口ずらり事件のことは誰からも聞いていないそうだ。十数年前だと職員はみんな入れ替わっている。代々語り継がれるようなもめ事ではなかった、ということでもある。

過去の詳細は省き、昔と今とで似たようなトラブルがあったなら、合鍵が存在しているのかもしれないと駒子は伝えた。今はさておき、過去には合鍵を作れるタイミングがあったかもしれないと。

もうひとつ、駒子は針谷の横顔を見ているうちに気付いたことも話した。

「幾田高校の図書館は、窓辺に立つと音楽室が見下ろせませんか。その音楽室では最近、放課後の遅い時間に保健の先生がピアノの練習をしてるんですよね。ピアノを弾いている人が見える窓辺って、他にもありますか？」

杉浦は少し間を置いてから、「ないかもしれない」と言った。

「図書館があるのは第一校舎の東のはじっこ。音楽室は第二校舎の東のはじっこ。ピアノはさらに奥まったところにあるから、図書館も奥の窓からじゃないと見えないわ。図書館の下は視聴覚準備室なんだけど、今は使われてなくて物置場になっている。たぶん誰も入れない」

「だったら貴重な窓辺ですね」

「ええ。高槻先生を見たい人にとっては」

やりとりしながら杉浦にもピンと来るものがあったらしい。

「星川さん、ありがとう。なんか、見えてきた気がする」

「まだわかりませんよ。そういうことも考えられる、ってだけですから」

「ううん。思い当たることがあるの。高槻先生を慕っている女子生徒がいてね。隠しているつもりだろうけど、私みたいなおばさんにはバレバレよ。さらにその女の子を気にしている男子生徒もいる。それがあの、ディスプレイ荒らしの犯人呼ばわりされている子。私、男の子に聞いてみる。もっとちゃんと話した方がいいと思っていたの。だからちょうどいい。何かわかったらすぐに知らせるわ」

杉浦はいつもの気っぷの良さをうかがわせ、威勢よく電話を切った。

男子生徒の名前は関口知弥《せきぐちともや》、高校二年生。

電話でやりとりした翌日の閉館時間後、早くも杉浦から報告の電話がかかってきた。

昼休みに彼に声をかけ、放課後、図書準備室に来てもらい話をしたそうだ。警戒心たっぷりに身構えていたので単刀直入に合鍵の件を尋ねた。

「うちの図書館のドアには鍵がかかっているでしょ。それを開けるための鍵は職員室に保管されているのが一本。事務室の金庫の中に一本。合計二本しかないはずなんだけど、実はもう一本、合鍵があるらしいの。関口くん、どこにあるのか知ってる？」

彼は目を見張ったのち、首を横に振る。

「知ってるどころか、もしかして君が持ってるんじゃないの？」

畳みかけると色白の細い顔が強ばった。確証があったわけではないので鎌をかけた形だが、そうするだけの理由が杉浦にはあった。

関口知弥が他の生徒たちに煮え切らない態度を取ったのは、彼自身が秘密を抱えていたからではないか。杉浦はそう考えた。ディスプレイ荒らしが発覚した前夜、放課後遅い時間に、知弥が近くの廊下にいるところを生徒数名が見てもいる。

目撃情報がほんとうなら、三階にある図書館まで足を運んでいたとも考えられる。ごくたまに杉浦が残っているときに本を返したり、図書委員のシフト表を持ってきたりしたことがこれまでもあった。けれどその日は図書館の灯りが消えていた。

そこからは杉浦の想像だが、諦めて帰ろうとした知弥の耳に、無人のはずの図書館内から物音が聞こえた。怪訝に思っていると中から誰かが出てきたので、とっさに消火栓の陰にでも身を隠した。現れたのは女子生徒だ。彼女はドアの鍵を閉めてあわただしく階段を降りていった。

なぜ彼女が中にいたのか。

なぜ図書館の鍵を持っていたのか。

ゆっくり考える暇はない。閉門時間が迫り、彼自身も急がなくてはならない。そんなとき、階段の途中で彼女の落とした鍵を見つけたのではないかと、杉浦は思いを巡らせた。

「だって、高槻先生ファンの女の子が、合鍵を使って閉館後の図書館に忍び込んだとしたら、よ。奥の窓辺からこっそり音楽室を見たのち、陳列していた本をあやまって落としてしまった。閉門時間ギリギリだったので元に戻すことができず、そのまま帰宅。どうしようと内心、動揺してたと思うのよ。翌朝の騒ぎを知って真っ先に、『侵入者だとバレたくない』と考えたんじゃないかな。疑いをそらすのに一番手っ取り早い方法は、合鍵を捨てることよ。それも発見されやすい場所に」

「隠すのではなく?」

「見つかれば侵入の手段が明らかになり、ディスプレイ荒らしもただのいたずらだと思われる。合鍵がなぜあるのか、誰が落としたのか。それを学校が突き止めるのは至難の業よ。もともと穏便にすませたくて犯人捜しなんか二の次、三の次だってことを、生徒もわかっているわ」

　落とし主が特定されないよう気をつければ、無関係の大勢の生徒の中に紛れ込むことができる。

「けれど、鍵はどこからも出てこないのですね」

「そうなの。彼女がいつまでも隠し持っているとは思えない。持っていても再び侵入することは難しい。だったら証拠隠滅は早いに越したことはないのに、あれ以来なにもなし。捨てたくとも捨てられない状況だと、私は推理したわけ」

　胸を張りドヤ顔を決める杉浦がありありと浮かんだ。

「彼女はすでに持っていないから、ですね」

「まんざら当てずっぽうでもないのよ。彼女は図書館に来なくなり、私が廊下で声をかけたときもよそよそしかった。話し好きの子だったから変だなとは思っていたの。関口くんの方は逆に物言いたげな顔で私を見ていたし」

「それで、杉浦さんからズバリ言われて関口くんは？」

「しばらくもぞもぞしてたけど、ズボンのポケットから鍵を取りだしたわ。図書館の合鍵だった」

　すごい、と思わず声が出た。十数年経っても解決への進展はなく、人の噂にさえのぼらなくなっていた謎だ。それがここに来て、肝心の物証が現れるとは。

　合鍵はたしかに存在し、発見された。

　生徒と先生の秘密の逢瀬もにわかに現実味を帯びる。駒子の脳裏になまなましく和歌が詠《よ》み上げられる。

　楫《かじ》をなくした恋の舟が水底から浮かび上がってくるようだ。

　じっとしていられず、駒子は閉館後のフロアを歩く。

　もしかしたら杉浦も同じように歩きまわっていたかもしれない。「ねえ、星川さん」と、話しかけられた。

「今回のことでいつもにも増して自分の職場をじっと見ていて、私、思ったの。本って、それそのものが密室みたいじゃない？」

　合鍵からぽんと話が飛ぶ。戸惑うものの、自分も今、関口くんから離れたことを考えていた。

「密室ですか」と、疑問の形で話を促す。

「外から完璧に閉ざされていて、中で何が起きているかまったくわからない。知りたかったら表紙をめくり、書かれてある文章を読んでみるしかない。そう思うと、図書館って密室だらけよ。面白くない？」

　杉浦の朗らかな声に、駒子も顔をほころばせた。

　目の前にはきちんと閉じられた本が背表紙を見せてずらりと並んでいる。窓ガラスを割ったり天井板を外したり床をこじ開けたりといった不法侵入を許さない、完璧な防御を誇っている。

「そんなことを考えながら棚を眺めていたら、生徒も似てるなと思ったの。みんな心の中に鍵のかかった小部屋を持っている。無理やりこじ開けようとしてもダメなの。いつか、扉を開いてくれるときが来るかもしれない。来ないかもしれない。どちらでもかまわないと思えるのは司書の特権って気もした。親や教師は悠長なことを言ってられない場合がいろいろあるだろうから。でも私たちは職業柄、悠長には慣れている。本を読むって、『手っ取り早く』がないでしょう？　一ページずつ閉ざされた場所に入っていくしかない。ほぼ毎日それをやってるんだから、鍛えられているわ。待つのもゆっくりも、お任せあれってなもんよ」

　杉浦の軽口に合わせ微笑むと胸に暖かな灯がともる。生徒の中には見えるところで問題行動を起こす子もいれば、陰に隠れて人を傷つける子もいた。話しかけられる間柄であれば祈るような気持ちで本を薦めてきた。『羊と鋼の森』や『かがみの孤城』『逆ソクラテス』。タイトルだけでは中身が想像できない物語。今でなくてもいい。いつか手に取り、最後まで読み通してほしい。自分の心という密室の謎が、少しでも解き明かされるために。

「関口くんについても、待たなきゃと思ったわけですね」

「うん。鍵を渡してくれたのはほんとうに助かった。図書館や私自身に反感を持っている人がいるんじゃないかと疑心暗鬼にかられていたから。ほっとして、そういったこちら側の気持ちも包み隠さず話したわ。ありがとうと言ったら関口くんは全身で息をついて、頼みがある、犯人捜しはしないでほしいって」

　今現在、よからぬ噂が立ち、犯人扱いされているのは彼自身だ。この先も嫌な思いをするかもしれない。杉浦がそう諭しても彼の気持ちは変わらないようなので、困ったことがあったら来るように言って帰したそうだ。

駒子はふと思う。もしも恋をしているとして、彼は由良の門にいるのかもしれない。けれどその手にはまだ楫が握られている。

*

針谷とゆっくり話せたのは翌週のことだった。

もっとも肝心な合鍵の行方については、「見つかりました」とだけメッセージを送っておいた。詳細は会ったときにと伝えたので、一緒に昼休みを取ることにして、いつものように配達の雑誌を受け取ったのち準備室に移動した。空いている椅子に適当に座ってもらう。

準備室とフロアは大きなガラス窓で仕切られている。昼休みも本を借りたり返したりで生徒がやってくる。駒子は見やすい位置に座り、持参した弁当を開いた。針谷はコンビニで調達したとおぼしきおにぎりや唐揚げをさっそく食べ始める。

「実は昨日、杉浦さんから続報が入ったんです」

駒子も箸《はし》を動かしながら話した。

関口知弥の気持ちをくんで、杉浦は合鍵の件をひとまず自分の胸にしまった。ディスプレイ荒らしの犯人について気にする生徒はいたが、杉浦が「いたずらかしらね」と言っていれば話題にのぼらなくなる。当のディスプレイは何事もなかったように再び飾りつけられ、そこに陶製のバスがなくなっていると気付く人もいない。

このまま忘れられていくならそれはそれでいいかもしれない。そう思っていた矢先、保健室の高槻先生に熱を上げていた女子生徒がやってきた。図書委員なのにずっと姿を見せなかったので久しぶりだ。

杉浦はいつもの笑顔で歓待した。よけいなことは言うまい、顔にも出すまいと決めていたが、彼女は書庫の棚を見たいと言った。書庫には基本的に貸し出しの減った本が保管されている。資料的価値を考慮して今後も保存される文集やアルバムもあれば、いずれ処分されていく本もある。

ふだんは生徒は立ち入らないが、蔵書整理のさいに手伝ってもらうこともあり、女子生徒も中に入ったことがある。

何か事情があるのかと、杉浦は彼女を伴い書庫に入った。すると彼女は奥まった棚の前にしゃがみこみ、「ここで鍵を見つけました」とだけ言った。

先生や警備員に報告しなくてはと思っているうちに時間が経って言いそびれ、好奇心から図書館の鍵穴に入れてみたところきれいに回った。そのとき、誰にも知られずこっそり図書館に入りたいと思う事情があり、誘惑に負けて使ったそうだ。

一度目は何事もなかったが二度目のとき、陳列台にぶつかって派手に転んだ。とっさに台に掛けられていたクロスを摑んでしまったので、上に乗っていた本が落ち、何かが割れる音も聞こえた。暗闇で、何がどうなったのかもわからない。割れた物は元に戻せない。おろおろしている間にも閉門時間が迫ってしまう。

何よりも忍び込んだことを秘密にしたくて、その一心で図書館をあとにした。肝心の鍵はどこかで落としたらしく、校門を出てから持っていないことに気付いた。

「打ち明けてくれて嬉しいわ。言いにくかったでしょう？」

彼女は神妙な面持ちで何が割れたのかと尋ねた。

「ちょっとした雑貨よ。高価な物じゃないから大丈夫」

「ほんとうにすみません。もっと早くに来なくてはいけなかったのに勇気がなくて」

そんなものよという言葉は、甘やかしすぎだろうかと呑み込む。次に何を言うのかと見守っているとおずおずと口を開く。

「あの、なくした鍵なんですけれども」

杉浦はもったいぶることなく教えた。

「実は届けてくれた人がいるの。誰かは聞かないでね。すぐそこの階段に落ちていたそうよ」

女子生徒は顔を上げ唇を動かす。けれど声になる前にきゅっと結んで再びうつむいた。しばらくそうしていたが、もう一度頭を下げて書庫を出てフロアに戻る。顔見知りがいたらしく、にわかに明るい声をあげ、何事もなかったように他の制服の間にまぎれていった。

彼女も由良の門にいるのだろうか。

楫を手に持っているのだろうか。

杉浦は、「誰が鍵を拾ったか、心当たりがあるのかもねえ」などと言っていた。

そのあたりの後日談を含め、女子生徒が図書館の窓から音楽室を見ていたのではという自分の推理、合鍵が見つかった経緯などを駒子は針谷に話した。

「星川さんのおかげでいろいろすっきりしました。ありがとうございます。星川さんが名探偵であることもわかって嬉しいです」

「なに言ってるんですか。とんでもない。十数年前の話を聞かせてもらったからこそです。そちらはまだ解決してないんですよね」

「それが、そうでもないんです。合鍵の線が濃厚になり、ぼくも行動を起こしました。例の先生と逢い引きしていた同級生がどこで何をしているのか調べて、会いに行って来たんですよ」

それはすごい。ちょうどお弁当を食べ終わったところだったので、すばやく片付けて身を乗り出した。

「会えたんですか」

「ばっちりです。それがまた驚くべきことに、今は幾田高校にいるんですよ」

「もしかして学校の先生に？」

駒子のついだお茶を飲みながら針谷はうなずく。

「先生は先生でも教科ではなく保健室の、ですけど」

「は？」

幾田高校の保健室と言えば。ついこの前のビアレストランでの会話が蘇る。

「高槻先生？」

「よくご存じで」

「司書仲間との話題に出たばかりの先生なんですよ。それに、合鍵を見つけた女子高生が、図書館からこっそり眺めていたのはその先生です。最近、音楽室でピアノを弾いているそうで」

針谷の「ほう」という相槌がのんきに聞こえる。

「ちょっと待ってください。私の知る高槻先生は男性ですよ」

写真も見せてもらった。知的に整った優しげな風貌で、名前はたしか「淳也」。高槻淳也先生。

「十一年前、図書館で逢っていた相手は社会科の檜原先生で、男性と言ってませんでしたか。針谷さんの担任の、知り合いのお嬢さんと結婚したと」

「はい。まさしく」

「では檜原先生と、当時は高校生だった高槻先生。どちらも……男性？」

自分の思い違いであることに気付く。モデルにスカウトされるのも女性とは限らない。男性教師と親密な間柄になることも。

「わざとぼやかしたわけではないんです。言いそびれました。途中で誤解されているかもしれないと思ったのですが、話の内容からすると性別はどちらでもいいような気がして、そのままにしてしまいました」

恐縮され、駒子は言い返せない。

たしかに女子生徒であっても男子生徒であっても先生の婚約は裏切り行為だ。深い痛手になったことはまちがいない。さらに、教師と生徒というタブーに加えてもうひとつ、偏見をもたれがちな事情があったとしたら、口惜しさも怒りもやりきれなさも吐き出すことは難しかっただろう。ひとりで耐え忍び、せめてもの意趣返しとして、強烈なメッセージを送りつけた。

図書館の本を使ったのは今でも容認できない。でも楫をなくした舟を責める言葉は、自分の中に探せない。

「久しぶりに再会し、高槻先生はどんなことをおっしゃったんですか」

針谷は事前の連絡を取らずに、ユーカリ書店の針谷として幾田高校を訪ねたそうだ。受付で取り次いでもらったところ、保健室までどうぞという返事があった。

勝手知ったる母校だ。保健室の場所も変わっていない。一階にある職員室のとなりのとなり。ノックをしてドアを開けると、白衣姿の高槻が待ちかまえていた。針谷が書店員になったことは風の噂に聞いていていたそうだ。

そして、久しぶりでもぜんぜん変わってないなと高槻から言われたが、針谷から見て高槻は見違えるほど大人になっていた。高校時代の彼は線が細く中性的な風貌をしていたが、今は地に足の着いた存在感があり、昔はまったく見当たらなかった柔軟性や思慮深さが感じられて頼もしい。

中庭や校舎の話題で旧交を温めたのもつかの間、針谷の用件が最近あった図書館の騒動とわかり、高槻は顔をしかめた。

「てっきり本を売りつけに来たのかと思ったのに」

「買ってくれるならぜひとも頼みたいけどね。その前に聞いておきたいことがある。ここの図書館に合鍵があることを知っていただろ。そして、高校生のとき、おまえ自身がそれを持っていたんじゃないのか」

高槻は首を縦にも横にも振らず、はぐらかすように言った。

「三年くらい前だったか。音楽の小松先生にばったり会ったよ。おまえの担任だったろ。おれの顔や名前も少しは覚えているみたいで、しきりに首をひねるんだ。かつての教え子だと話したら、『まあ立派になって』と親戚のおばさんのようだった。高校生の頃、あの音楽室の窓から、おまえ、図書館を見上げてたよな」

すぐにピンと来た。高槻の方でも気付いていたのだ。

「今ごろ合鍵の件を聞くなんて。遅すぎだ。十一年前の事件の直後、なんで言わなかった？」

予期せぬ切り返しに針谷は口ごもる。

「おまえが言いふらさないから鍵を持て余し、卒業式の当日、書庫に入ってわかりやすい場所に置いといた。司書の先生が気付くと思ってさ。ところがそうはならなかったみたいだな。巡り巡ってまたあれが使われたとしたら、おれのミスだ」

高槻は綺麗に整った眉を曇《くも》らせ、はじめて力のない声を出した。

「高校の一時期、熱病にかかったみたいに頭のネジが何本も吹っ飛んでた。それで、どえらいエネルギーを注ぎ込んで、信じられないことをたった一晩でやってのけた。迷惑以外のなにものでもなかったよ。自分なりに反省して、図書館の力になれることは何でもしたいと思ってきたけれど、穴埋めどころか十年経ってまた騒動だ。いよいよ顔向けできない。足が遠のくばかりだ」

　ここまで聞いて、駒子は「そんなあ」と腰を浮かした。

「遠のかないでくださいよ。先だってのディスプレイ荒らしは事の次第がほぼわかったんです。解決済みですよ。十一年前の出来事も終わったことでしょう？　もう引きずらなくていいと思います」

　斜め向かいに座る針谷は控えめに、でもしっかりと、うなずいたように見えた。

「今日ここで星川さんの話を聞いてようやくわかりました。高槻が置いた鍵は何かの弾みで落ち、棚の下に潜り込んだんでしょうね。何年にもわたって大勢の人間が使ったわけじゃない。今は司書の先生の手元に届いている。それを彼に話してもかまいませんか」

　針谷ならば伏せるべきところは伏せて上手に伝えてくれるだろう。そう思い、お任せしますと答えた。

　同時に思い出す。富田から送られてきた数年前の議事録には高槻のこんな言葉が載っていた。

　自分がまだ十代だった頃、学校に馴染めなかったけれど他にすることもなく、授業を受けて帰宅して食べて寝る。その繰り返しだった。卒業式の日は、解放感でほっとしたけれど、ほんとうに得るものは何もなかったんだろうかとも思った。いやなことだけだっただろうか。思い出したくないことばかりだっただろうか。自分は心底ひとりだったのだろうか。迷惑をかけたり、気遣ってもらったりしたことがあったんじゃないだろうか。

未熟さや甘えに気づいたことで、凝り固まった考えもゆっくり変わっていった。進路も変更し、保健室の先生として学校に戻ることになった。

まだ二十数年しか生きていない自分でも、こんなに変わる。人間、何があるかわからない。だから今までもこれから先も、十代ですべてが決まるような世の中であってほしくない。それだけを強く願っている。

変われるだけの柔らかさを持っているのが若い生徒たちだ。駒子も思う。少しでも良い方向に変わってほしい。そのために貸せるような力を自分は持たないけれど、本にはきっとある。だから心して並べよう。必要としている生徒に届くように。手に取ってもらえるように。

「お話を聞く会をぜひともやらなくちゃ」

針谷が「なんの会ですか」と聞き返す。

「分科会の話で。えっと、なんでもないです」

もしも言葉を交わす機会があったなら、高槻から針谷の高校生時代について聞いてみたい。ちょっと楽しい気がする。

「なに笑ってるんですか」

「笑ってませんよ」

「おかしい」

「おかしくないですって」

押し問答をしているとカウンターに生徒がやってきた。駒子は立ち上がる。

あの子が両手に抱えている本はいったいなんだろう。

せいしょる
せいしょられる

職員室での打ち合わせを終えると、駒子は自分の持ち場である図書館に向かった。朝の準備に取りかかる。カウンターに置かれたパソコンの電源を入れ、カレンダーに書き込んだ予定を確認し、職員室で受け取ったプリント類を整理して各種新聞をファイリングする。

作業をしていると、廊下を走る足音や話し声が聞こえてきた。ホームルーム前のこの時間、大急ぎで駆け込んでくる生徒でカウンターはにぎわう。

返却の本を置いていく子やリクエストした本はまだかとせっつく子に交じり、これから出る本の予約をしたいと言われたり、自宅でとっていない新聞を読みたがる生徒がいたりとあわただしい。

質問や要望に応えていると、思いがけない人が入り口付近に現れた。副校長の庄司《しょうじ》先生だ。出入りする生徒たちの邪魔にならないよう通路の脇に立ち、にこやかに「おはよう」と声をかけている。何もなければ図書館に来ない人だ。なんだろう。心当たりがなく不安になる。気もそぞろになっていると「先生」と声をかけられ、目の前の生徒に「ごめん、もう一度お願い」と謝った。

ホームルームの始まるぎりぎりの時間に生徒たちが退出していき、駒子もカウンターから出ようとすると、副校長が歩み寄ってきた。

「お待たせして申し訳ありません」

「いやいや、忙しいときにすみません」

五十代の男性教諭で、身長百六十センチの駒子とほとんど変わらないやや小柄の、ぼさぼさ眉毛が特徴的な人だ。

「ちょっと折り入ってうかがいたいことがありましてね」

「なんでしょう」

「実はその……」

自習目的の生徒はまだ来ていないので、図書館にいるのはふたりだけなのに、副校長はまわりを気にしながら声を潜めた。

「数学の京山《きょうやま》先生のことなんです」

生徒ではなく先生の名前が出てとまどう。大学を出てまだ三年目という若い男の先生だ。

「図書館をよく利用していると聞きました。星川さんともずいぶん話が弾んでいる様子だったと」

「はあ」

「いえその、おかしな意味で言ってるんじゃありませんよ。京山先生は真面目で優秀で礼儀正しい方です。私も大いに買っているんですけれども、いつまでも堅苦しいというか、おとなしいというか、消極的というか。もう三年目だというのに、あまり打ち解けてくれないんですよね。いや、それについてもかまわないと言えばかまわないんです。去年から担任を持ってもらっていますが評判は上々ですし、授業もきちんとこなしているようです。期待通りなわけで何よりですが、職員室ではこう、いつも下を向いていて、誰とも気心が通じていないように見受けられます」

　駒子はもう一度「はあ」と相槌を打った。気のない返事になっていたと思うが致し方ない。社交的な先生もいれば、内気な先生もいる。当たり前ではないか。

「そんな様子が気になっていたところ、今日ですよ。京山先生から朝イチで、変な電話がかかってきました」

「電話？」

「急用ができたので登校が遅れると。そのあと、もごもご何か言って、休むかもしれないと。すみませんだの、申し訳ありませんだの、混乱してる様子でまったく要領を得ません。どこか外からかけているようでした」

「何かあったんでしょうかね」

「それですよ、それ。真面目な先生がにわかに欠勤だなんて、どう考えてもおかしいでしょう？　しかも、理由を聞くと口ごもるんです。何かあったとしか思えません」

　駒子は眉をひそめ首をひねったが、それは京山先生の電話ではなく副校長の過剰な反応に対してだ。少しでも落ち着かせたくて言葉を選びながら話しかける。

「誰にでも、突発的な出来事は起きると思いますよ。後日あらためて理由を聞いてみてはどうでしょう。急な先生の欠勤は、授業に穴を空けてしまうのかもしれませんが」

「穴埋めはなんとかなりそうです。数学の先生同士でやりくりできるようなので」

だったらいいじゃないですかと駒子は言いたくなったが、それを封じるように副校長は人差し指を立てた。

「私は立場上、楽観はできません。ここしばらく若い教員のメンタルケアについて研修を受けていまして、世間が想像する以上に今どきの若い先生は疲弊《ひへい》しています。私も知らなかったんですけど、『空気を読む』世代は繊細で心優しい反面、ストレスにはめっぽう弱いらしい」

そこから蕩々《とうとう》と研修内容が披露される。どうやら副校長は物静かな京山先生のことを、これまでほとんど意識してこなかったようだ。問題を起こさなければ印象は薄れていく一方だったのかもしれない。

朝の打ち合わせを振り返ってみても、女子生徒の化粧が濃すぎると卒業生からクレームがあったり、ゲームセンターで他校生ともめた生徒がいたり、運動部の顧問の先生に保護者から意見が出たりと、話題に事欠かない。先生たちの発言は必要に応じて増えるものなので、口数の少ない先生がいるのは当たり前でもある。

ところが研修を受けて、副校長はにわかに心配になったらしい。そういえば、やけにおとなしい若手教員がうちにもいたなと思い出し、今度話しかけてみようかと考えていた矢先、その彼から欠勤の電話を受けた。内容は腑に落ちないことだらけで不自然。研修でたびたび言われ

郵便はがき

料金受取人払郵便

牛込局承認

7395

差出有効期間
2023年6月
1日まで

162－8790

新宿区東五軒町3－28
㈱双葉社
文芸出版部 行

ご住所	〒		
お名前	(フリガナ)	☎	
		男・女　　歳	既婚・未婚
職業	【学生・会社員・公務員・団体職員・自営業・自由業・主婦(夫)・無職・その他】		

ご購読ありがとうございます。下記の項目についてお答えください。
ご記入いただきましたアンケートの内容は、よりよい本づくりの参考とさせていただきます。その他の目的では使用いたしません。また第三者には開示いたしませんので、ご協力をお願いいたします。

書名（　　　　　　　　　　　　　　　　　　　　　　　　）

●本書をお読みになってのご意見・ご感想をお書き下さい。

※お書き頂いたご意見・ご感想を本書の帯、広告等（文庫化の時を含む）に掲載してもよろしいですか？
1. はい　　2. いいえ　　3. 事前に連絡してほしい　　4. 名前を掲載しなければよい

●ご購入の動機は？
1. 著者の作品が好きなので　　2. タイトルにひかれて　　3. 装丁にひかれて
4. 帯にひかれて　　5. 書評・紹介記事を読んで　　6. 作品のテーマに興味があったので
7.「小説推理」の連載を読んでいたので　　8. 新聞・雑誌広告（　　　　　　　　）

●本書の定価についてどう思いますか？
1. 高い　　2. 安い　　3. 妥当

●好きな作家を挙げてください。
（　　　　　　　　　　　　　　　　　　　　　　　　）

●最近読んで特に面白かった本のタイトルをお書き下さい。
（　　　　　　　　　　　　　　　　　　　　　　　　）

●定期購読新聞および定期購読雑誌をお教えください。
（　　　　　　　　　　　　　　　　　　　　　　　　）

た、若い教員からの「サイン」に思えてしまった。

「京山先生と接点のある先生方に最近の様子を聞いてみると、ここしばらく悩んでいる様子だったと言うんですよ」

「他の先生もですか？」

「はい。話しかけても上の空だったり、ため息をついていたり。どうかしたのかと尋ねた先生もいます。京山先生はとても深刻な顔で何か言いかけたようなのですが、言葉を飲み込んで首を横に振ったと」

　それがほんとうなら、副校長の取り越し苦労とばかりも言えないのか。

「念のために星川さんにもうかがいたくて足を運んだ次第です。図書館ではどんな感じでしたか。京山先生はよく来ていたようですね。何か聞いていませんか」

「放課後や授業のないときにいらしてますが、話をするのはたまにですし、短い時間ですよ。調べ物をしたり、本を借りたり、借りずに雑談だけしたりと、京山先生に限らず図書館を利用してくださる先生はたくさんいらっしゃいます」

「ほう。そんなにいるんですか」

　意外そうに言わないでほしい。仮にも図書館担当の教員なのに。

　同じ学校で「先生」と呼ばれる立場ながらも、教員と司書は管轄が異なる。たとえば神奈川県の県立高校の場合、所属が県の教育委員会というところは同じだが、司書は県立図書館で働く司書と同じ位置づけで「事務職員」だ。

学校司書として配属されると、各校に図書館を担当する教員が置かれている。「司書教諭」と呼ばれるケースが多いが、正式な役職ではなくあくまでも担当だ。戸代原高校の場合は、数年前に担当していた教員が学期途中で務められなくなり、急遽、副校長が受け持ったらしい。以後それが継続されているが、教員たちの図書館利用については興味がないようだ。

　副校長は「みんな忙しそうにしているけど案外、暇なんですね」と駒子の神経を逆なでしてから「ともかく」と仕切り直す。

「問題は京山先生なんですよ。ここではどんな話をしていましたか」

「この春から鉄道模型部の顧問になられたんですよね。それで鉄道の出てくる本を読んでみたいと」

「ああ、そうでした。これまで将棋部を見てもらってたんですけど、新しく赴任してきた先生が前の学校で将棋部の顧問をしていたそうで、本人もかなりの腕前らしい。そんな話をしていたら京山先生が快く譲ってくださって。代わりに、顧問不在だった鉄道模型部をお願いしたんですよ」

　部活動の顧問は当人の趣味趣向よりも、学校の都合で割り当てられるケースが珍しくないようだ。中には、ルールすらわかっていない未経験の運動部を押しつけられ、本気で嫌がっている先生もいた。そういった観点からすると、部員数が十人未満で細々と活動している鉄道模型部は、京山先生にとって引き受けやすい部活だったと思われる。

　副校長は首をひねり「ほんとうは変わりたくなかったのでは」と言い出したので、駒子はやんわり否定する。

「鉄道には興味を持たれてましたよ。図鑑や事典もですが、鉄道にまつわる小説もよく借りていかれます」

「ならば、気《き》鬱《うつ》の原因は部活じゃないのでしょうかね。他に何か悩みがあると言ってませんでしたか」

「さあ。特には」

　消極的な返事をしていると、扉が開いてユーカリ書店の針谷が入ってきた。注文した本の配達だろうが、いつもだったら十一時前後にやってくる。今日はまだ九時過ぎ。やけに早い。

　副校長とも顔なじみで、ふたりは「おはようございます」と和やかに挨拶を交わす。駒子は副校長に話しかけた。

「京山先生は針谷さんともよくお話ししていました。知っていることがないかどうか、聞いてみますか」

「それはぜひともうかがいたい。ですが私は九時半から来客がありまして、もう戻らなくてはなりません。星川さん、聞いてみてください。言うまでもないことですがくれぐれもご内聞に」

　うなずいて、そそくさと退出する副校長を見送る。今のやりとりが聞こえたらしく、針谷からどうかしましたかと尋ねられた。

現在、県立高校の図書館で本や雑誌（最近ではまとめて資料と呼ばれている）を買う場合、県から支給される公的予算は年間、三十万円弱だ。とてもまかないきれず、財源のほとんどは保護者から徴収する図書費に頼っている。戸代原高校の場合、月額二百円。貴重な預かり金なので一円でも無駄にしないよう、購入の検討には細心の注意を払う。

学校なので基本的には生徒の育成を念頭に、先生からのリクエストも考慮して購入資料を決めているが、じっさいはほとんど借りられない本もあるし、授業で一言も触れられない本もある。いつも悩ましく試行錯誤の連続だ。

今日も駒子なりに吟味を重ねた新刊、瀬尾《せお》まいこの『夜明けのすべて』や朝倉宏景《あさくらひろかげ》の『あめつちのうた』が入ってきたので、興味を持ってくれそうな生徒の顔を浮かべながら受け取り、先ほどの副校長の話を針谷に伝えた。

「でもねえ」

あらかた話し終わったところで、針谷が何か言う前に駒子はぼやいた。

「誰がいつ図書館に来てどんな話をしたかって、プライバシーに関わることですよね。そうそう気軽にしゃべってはいけないです。さっきは、部活に関係した本を読まれていますなんて、つい言ってしまいましたが。その上、京山先生と針谷さんが話しているところを思い出して、副校長に聞いてみてはと自分から提案したりして。やっていることと思っていることが合っていません」

肩をすくめると、針谷は首を横に振った。

「話していいのか悪いのか、判断は難しいと思いますよ。解いた方がいい誤解はあるでしょうし、情報を共有することでトラブルが避けられる場合もありますし」

「そんなふうに言ってもらえると少し楽になります」

「学校の司書さんはいつも孤軍奮闘で、大きい問題から小さい問題まで何かあるとすべてひとりで対応しなきゃいけない。いつもすごいなと思っているんですよ」

「すごくないです。失敗も多いですし、それを引きずりますし。今も副校長から、図書館を利用する先生のことを『案外、暇なんですね』と言われて、過去を封印した箱から黒いものが流れ出しそうです」

「過去って、前任校のことですか？　以前ちらっとうかがいました」

　自分から持ち出しておきながら触れたくない話題だ。駒子は作り笑いを浮かべ早々に切り上げようとするのに、針谷が意外なことを言う。

「秋坂《あきさか》高校でしたね。よかったら……いえ、よくないかもしれませんが、話を聞かせてもらえませんか。京山先生の欠勤に関係しているかもしれません」

「京山先生と私の前任校が？　まさか」

　過去というほど昔の話ではない。ほんの一、二年前のことだ。

　封印なんてわかった風な口を利いてしまったが、心の中をのぞき込めば箱はゴトゴト動き、堅く縛ったはずの紐はすでに解け落ちていた。

＊

　駒子は二十七歳のときに念願叶い、神奈川県の学校司書職に就いた。最初の赴任先は二年後の統廃合が決まっていた工業高校。長い歴史を持つ図書館も閉じられた。その作業を終えて二校目に配属されたのは横浜市内にある進学校、秋坂高校だった。有名大学への合格率を毎年他校と競っているような偏差値の高い学校だ。

　赴任してすぐ、真っ先に副校長や指導教諭といった管理部門の先生たちから、「当校の方針」をみっちり説かれた。方針とはつまり、学業優先に尽きる。全校一丸となって県下一の進学校を目指しているので、すべての教職員が目標を共有し、惜しみなく力を注いでほしいとのこと。努力の甲斐あって東大合格率は飛躍的にアップし、知名度も跳ね上がっている。優秀な小中学生が第一志望に掲げ、保護者から寄せられる期待は年々高まっている。それに応えるためにもいっそうの研鑽が各人に求められている。

　駒子は圧倒されつつ、気持ちを引き締めうなずいた。司書になって三年目の気合いを込めて、精一杯やれることはやりたいと自分なりに思ったのだ。

　けれど先生方の望んでいる司書の協力とは、駒子のやる気とかけ離れていた。学校側は図書館に「勉強のはかどる自習室」を求めていた。本棚が並ぶインテリジェントで静かな空間はうってつけ。司書は管理人として日々環境を整え、生徒たちを一歩引いた場所から見守ってほしい。

話を聞いて駒子は「でも」と言いかけた。学校には勉強以外の要素もあってしかるべきではないのか。生徒の成長には勉強以外の要素も必要ではないか。

言いかけて飲み込んだのは、この場がそういった反論や個人的な見解を、封じるために設けられていると気付いたからだ。新参者の一意見などでびくともしない「当校の方針」がすでに確立されている。あとはそれに従うか、従わないか。

司書としての経験が浅く、秋坂高校が二校目の駒子に、うなずく以外の道は選べなかった。なにも自分が初めて赴任する司書というわけではない。前任者はいた。その人は六年間在籍し、別の高校に移った。学校の方針に従い務めを全うした人がいたのだから、自分もなんとかなるのではないか。命までは取られまい。

そう言い聞かせ、駒子はフロアの半分を自習コーナーが占める図書館で働き始めた。まずは前任者の残した購買リストを調べ、蔵書を確認し、図書委員の生徒たちを覚え、すみずみまで掃除をする。

学校側からはテーマを決めての展示や新刊を紹介するペーパーの作成などは、行わなくてもいいと言われた。手持ち無沙汰になる分、空いた時間を司書として所属している分科会の仕事に費やした。購入する本についても細かく指示を出されるので閉口したが、次第に買いたがる本の傾向もわかるようになる。世界で活躍する人たちのサクセスストーリーや、集中力を高めるメンタルの本、チャレンジ精神旺盛な登山家や音楽家、スポーツ選手の本が大好きだ。それらで生徒を鼓舞したいのだろう。ある意味、徹底している。

我慢できなかったのは、受験の面接や論文用にと、先生たちから小説の概要や感想を求められることだ。直木賞や芥川賞を受賞した作品も素養として押さえておきたいと言う。だったら読めばいいものを、「そんな時間はない」と一蹴される。駒子が渋ると非協力的だと決めつけられた。

指示通りに何作か要約もしたが、本を読んでもらうのが仕事なので虚しいと、折に触れて言っているうちに無理強いは減った。代わりに受賞者の人物像や著作を短く紹介し、新聞記事を添えてＡ２サイズの紙にまとめたところ、壁に貼る許可がもらえた。

学校の図書館は駒子に安らぎも喜びも夢も勇気も与えてくれた場所だ。両親の不和や頼みにしていた祖父の病気、困窮、友との諍《いさか》い、進学への悩み。自分の腕に余る重たい荷物を、小学生のときも中学生のときも高校生のときも、つかの間であったにせよ下ろせた場所であり、棚に並んだ本は見知らぬ場所にいつも連れて行ってくれた。図書館がなければどうなっていただろう。想像するのも恐ろしい。

だからこそ、自分を救ってくれたかけがえのない場所を守る側に回りたいと、駒子は学校司書を目指すようになった。どんな時代にも自分のような子どもはいるはずだ。たとえ有数の進学校であっても。それがどの子なのかはわからない。カウンターの前をたった今、通り過ぎた生徒かもしれないし、まだ一度も図書館を訪れていない生徒かもしれない。あるときから急に居場所が必要になる子もいるだろう。

誰でも立ち寄れて、常にそこにあるということこそ重要だ。焦らなくてもいい。無理しなくてもいい。小さな一歩を次へと大事につなげていく。そう言い聞かせ、控えめに細々と活動していると、二年目からは自分で選んだ本がじわじわと増えていった。棚の配置も変え、蔵書を整理し、掃除の手はゆるめず、自習に来ているだけの生徒とも挨拶ができるようになった。話しかけられ、進路や交友関係についての悩みを聞くこともあった。三年目の頃には自習以外で現れる生徒も増え、貸出件数も上昇した。

けれど四年目になると風向きが変わった。図書館内での話し声がやかましいと先生から注意され、伝達事項以外、私語が禁止になった。生徒とのちょっとした雑談もできなくなった。そして夏休み前、リクエストされた本を購入し、当時三年生だった生徒に貸し出したところ、血相を変えた先生たちが現れた。勉強時間が著しく損なわれたと、保護者からクレームが来たそうだ。

駒子は弁解の余地なく糾弾《きゅうだん》された。四百ページを超える本は受験生にとって非常識極まりないそうだ。「今が一番大切なときなのに、なんてことをしてくれるんだ」「足を引っ張るな」とまで言われた。

さらに十一月、駒子の薦めた本を読んだ二年生が学校を無断欠席し、小説の舞台である佐渡《さど》島《しま》まで行ってしまった。駒子は家出をそそのかした張本人とみなされ、保護者に謝罪する一方、反省文を書かされた。図書館ではしばらくの間、勉強に関する本しか借りられなくなり、本を閲覧する机や椅子は使用不可になった。

県の教育委員会にも学校から抗議文が提出されたそうで、翌年の春、駒子に辞令が下りて今の戸代原高校に異動になった。

*

「それはまた大変な思いをしましたね。聞いているだけで胸が苦しくなります」

　針谷の言葉に、駒子はすかさず返した。

「でしょう？　まさに暗黒史。あの一年だけで体重が四キロも落ちたんですよ。服のサイズもダウン。でもトヨ高に来てすぐ戻ったので、よかったと言えばいいのか、ちょっと残念なのか」

　おどけて言うと、針谷も少し微笑んだ。

「よかったですよ。絶対に」

「ええ。こんなふうに笑い合えたり、生徒と話ができたり、自分で本を選べたりするのがどんなに幸せなことなのか。骨身に染みました。秋坂高校での四年間は貴重な経験ではありますね。二度としたくないですけど」

「たくましいなあ。心から尊敬します。ただその、圧倒的に不利な状況に司書が追い込まれても助けは来ないのですか。司書の所属は教育委員会でしたっけ。星川さん、窮状《きゅうじょう》を訴えるとか相談とか、しなかったんですか」

「大ごとにはしたくなかったんですよ。だって私が騒ぐと、佐渡島に行った子の立場がなくなるじゃないですか。私は大人なので司書仲間に泣きついて、一緒に憤慨《ふんがい》してもらったり慰めてもらったりして、ひとりじゃないことを実感できました。クビになったら別の高校に行けばいい。司書をクビになるなら暴れますが、県の方でもその高校のカラーは把握していて、抗議文が届いたときはすぐに私に連絡があり、こちらの言い分に耳を傾けてくれました。異動は私への救済策でもあったんです。けれど生徒は今がすべて、学校がすべてになりがちです。大人が意識して逃げ道を作ってあげなきゃと思うんですよね。それはそれで難しいことではありますが」

　大人にも余裕がなくてはできないことだ。余裕というより余力かもしれない。

　そして大人には大人で、さまざまな考えがある。進路を選択できる十代の時期に、持ちえる能力を最大限に発揮してほしい、そのためには日頃のたゆまぬ努力が何より肝心だ、という考えはたしかに一理ある。ただ、「何より」に、何が入るのかが問題だ。家族より、友だちより、思いやりより、となってしまっては本末転倒だと駒子は思うのだが、そこに個人の価値観、あるいは人生観が関わってしまい一筋縄ではいかない。

「そういえば針谷さん、京山先生の欠勤と秋坂高校が関係あると言ってませんでした？」

　駒子の投げかけに、今度は針谷が顔を曇らせた。

「副校長先生の言う『サイン』とはちがうんですけれども、ここ最近でぼくも京山先生から聞いた話がありまして、心配してるんです」

「もしかして今日の配達が早かったのもそのせいですか」

「星川さんに伝言を頼みたかったんです。授業のある日中、京山先生に直接会うのは難しいと思いまして」

「どんな伝言ですか」

「『心配しているので連絡をください』と。取り越し苦労ならいいんですけど、胸騒ぎがして放っておけなくて」

「何があったんですか」

　針谷はためらいつつも聞かせてくれる。

「京山先生は学生時代に家庭教師のバイトをしていたそうです。そのとき勉強をみていた子が昨年の春、秋坂高校に入学しました」

　京山先生は大学を卒業して三年目の教員だ。大学時代の教え子が小中学生だったなら、今頃は高校生になっていてもおかしくない。

「進級して二年生になっている男子生徒で、名前は三輪《みわ》翔真《しょうま》くん。進路を巡って学校側と齟《そ》齬《ご》があったようです。それがきっかけなのか学校を無断欠席したり、家族に暴言を吐いたり、自室にこもったり、物に当たったりと荒れてる様子で。心配した彼の母親から京山先生に相談があったと言っていました」

「進路を巡ってと言いますと？」

「学年でトップがとれるほど頭のいい子で、学校はそれに見合った難関大学を薦めたい。けれど本人にその気はなく、自分にとって興味のある学部があり、学んでみたい教授のいる大学に入りたい」

「しっかりしている生徒さんですね」

「はい。学びたいことが高校生の段階であるって頼もしいです。さっきの星川さんの話からすると、優秀な子にとっても秋坂高校は窮屈なんでしょうかねえ」

　難関大学が狙えるほど高い学力を持つ生徒ならば、あの手この手で進学先の説得を試みるのは想像に難くない。学校をあげての一大目標が難関大学の合格率アップだ。その一方、まだ二年生ならば、こじれるほど進路をゴリ押しするとも思えない。荒れている原因は進路問題ではないのかもしれない。

「秋坂高校と言えば、私にも思い当たることがあります。私の前任校だと誰かに教えてもらったらしく、京山先生からどんな高校だったかと聞かれたんです。十日ほど前だったと思います。京山先生自身は中高一貫の私立の出身だそうで、公立高校の進学校の雰囲気を知りたいと。そのときは深く考えず、私自身の印象を話しました。向上心のある子への面倒見が良く、伸び悩んでいる子にもサポート体制が整っている。ついでに図書館への理解は乏しかったと、ぼやきもしましたが」

「京山先生の知り合いに、在校生がいるという話は出ませんでしたか？」

　首を横に振りながらふと思い出す。

「京山先生ではなく、図書委員の生徒から話が出ました。彼の中学校時代の同級生が、秋坂高校に入ったそうで」

「は？」

「たぶん私たちの立ち話が聞こえたんですね。京山先生との話の途中で別の生徒から問い合わせがあり、そちらに応じたあと話に戻ろうとしたら、生徒が棚の脇からひょいと顔を出し、『秋坂って恐い噂がいっぱいあるんだよね』と話しかけてきたんです」

「どんな内容ですか」

「都市伝説みたいな噂話です。成績を貼りだした紙にいつの間にか鮮血が飛び散っていたとか、定期テストの最中にガタガタ動き出す机があるとか、黒く塗りつぶされた参考書が自宅に届いたら志望校は絶望的とか。『あーこわい。おれ入らなくてよかったあ』とお気楽に笑うので、入れるような成績だったのかと言いたいのをこらえて聞き流しました」

　針谷は眉を八の字に寄せ、笑っているような困っているような曖昧な顔になる。

「すみません。京山先生の抱えている心配事を茶化すつもりはないんですよ」

「わかっています。今さらですがいろんな高校生がいるなと思って。そういう話もいつかしたいですけれども、秋坂高校の荒唐《こうとう》無稽《むけい》な噂話の中に、未だに星川さんが引っかかっているような話がありましたか」

　かねてより、きりっとしたクールな針谷の風貌に、難事件を次々に解決する敏腕刑事のイメージを重ねていたが、今日またその印象を強くする。

「星川さん？　どうしましたか」

「鋭い指摘だと思いまして」

「気になることがあったから、今ここで思い出したんですね？」

やっぱり刑事だ。駒子は取調室にいる気分になる。

「南場《なんば》くんというその生徒の話の中に、変な言葉があったんです。一部の生徒の間でささやかれている隠語のようなもので、『せいしょる』とか『せいしょられる』とか」

針谷は怪訝そうに眉をひそめた。その言葉を聞いたとき、駒子も同じ表情になったはずだ。

「私も南場くんも意味はさっぱりわからないんですよ」

「どんなふうに使うんですか」

「『またせいしょるが始まった』『せいしょられたらアウト』『みんな、せいしょるにびびっている』など。『逆せいしょる』なんていう使い方もあるようで」

「なんとなく、よい言い回しではなさそうですね」

「はい。気味が悪いと言うか、不穏な雰囲気と言うか。それともうひとつ」

引っかかっているほんとうの理由だ。

「『せいしょる』の最初の犠牲者は、司書の先生と言われているみたいです」

針谷は黒く塗りつぶされた参考書を目の当たりにしたかのように驚いた。駒子も初めて耳にしたとき、壁の貼り紙に鮮血を見たように息が止まった。

「秋坂高校の司書の先生、ということは星川さんですか」

「そうとも限りません。私以外にも司書はいます。過去も、もちろん今も」

「ああ。星川さんのあとを受けて別の司書さんが着任してるんですね。今はどのような方ですか」

南場昇《しょう》一《いち》とのやりとりを思い出し鳥肌が立ってしまったが、後任の顔を思い浮かべて気持ちを落ち着かせる。神奈川県の学校司書の人数は多いので、分科会などの所属が異なると接点は少ない。年に一度の研究発表会で、遠くに見かけるのがせいぜい。駒子と後任の司書も、親しく口を利くどころか挨拶を交わしたこともない間柄だった。

秋坂高校を離任する一年半前も引き継ぎの時間はなく、カウンターにメモ書きを残すのが精一杯だったが、相手から問い合わせの類いはなくそれっきりだ。引き継ぎの時間がないのも連絡がないのも珍しいことではないと、先輩からは聞いている。

ただ、駒子は一方的に後任の司書をよく知っている。

「五十代半ばくらいのベテランで、とても体格のいい方です。若かりし頃は柔道をやっていたそうです」

「柔道？」

「一番体重の重い階級で、国体に出たこともあるとか。いまだに存在感は抜群。威風堂々としてるんですよ。もちろん司書としてのキャリアも長く、県立図書館に在籍していたこともあり、新設校のオープンに腕を振るうこともしばしばです」

「それはなんと言うか。もしかして最強の切り札だったりしませんか。強硬な姿勢の学校側に対し、県の教育委員会はそのカードを切ってきた。だとしたら、やりますね」

おそらくそういうことなのだと駒子も思う。司書になってまだ数年、統廃合された工業高校しか経験のない駒子では力不足だったと判断したのなら、教育委員会はむしろ事態をよく把握している。優秀なベテランを配し、弱腰で当たるつもりはないという姿勢は頼もしい。

「他にも最強クラスの司書はいるそうですよ。先輩の司書たちが言ってました」

「いいですねえ。本の砦を守るという気概が感じられて嬉しいです」

胸を張りたくなるような誇らしさを覚えるものの、そういった最強クラスの司書なら易々と「せいしょられ」ない気がする。やはり犠牲者とは自分のことだろうか。

「それで、南場くんからせいしょるの話を聞いたのが十日ほど前ですか」

針谷は表情を引き締めて考え込む。

「京山先生の元教え子、三輪くんが学校と揉めている件で、親御さんから京山先生に相談があったのは一ヶ月前のようです。親御さんからさらに言われて、三輪くんの自宅で京山先生が本人に会ったのが二週間前。別人のように痩せて暗い目をして、本人の話は不明瞭。途中で二階の自室に引き上げてしまったので追いかけると、荒れている部屋には物騒にもナイフが何本もあったと」

「ナイフ？」

「親御さんの話ではごく最近、どこからか買ってきたようです。取り上げたいけれど、お守りだとかキャンプに使うだとか言い張るので、何本か預かったものの困り果ててると」

両親の心痛が初めてリアルに伝わった。同時に京山先生や針谷の憂慮《ゆうりょ》も。

「これまでも京山先生はユーカリ書店にときどき寄ってくれていました。顔見知りになり、大学の学科が同じ数学科だとわかってからはお互いに親近感を持つようになって。今回の件も思いあまって話してくれたんだと思います。力になりたい気持ちは山々ですけど」

「三輪くんからナイフを無理やり取り上げても、また買ってしまいますよね」

「そうなんです。その一方、家族や京山先生にナイフの存在を隠さないということは、止めてほしい、助けてほしいという気持ちの表れではないかと」

　駒子は力を込めてうなずいた。それこそＳＯＳのサインだ。きっとまだ間に合う。

「でも、誰とどんな問題を起こしているのか、それがまだわからないのですか？」

「はい。親御さんも学校に掛け合い、三輪くんの友だちに当たってみたりもしたそうですが、要領を得ない。本人も言いたがらない。相談を受けた京山先生にしても、他校の様子がわからず星川さんに尋ねたんだと思います」

「私の話は大したことないですが……」

　思わぬところから情報提供があった。昇一の「せいしょる」だ。

「星川さんが聞いた話からすると、過去というよりごく最近、生徒たちが噂する『せいしょる』が起きているように思えます」

「その言葉が三輪くんの異変に関係していると？」

「偶然かもしれませんが、彼が荒れ始めたのも最近なので」

　駒子はカウンターに置かれた卓上カレンダーに目をやった。三輪くんの家族から京山先生が相談を受けたのが一ヶ月前。自宅でナイフを目にしたのが二週間前。駒子が秋坂高校について尋ねられ、昇一の噂話を聞いたのが十日前。針谷が言うようにここしばらくの出来事だ。

「とりあえず『せいしょる』の意味が知りたいです。三輪くんの置かれている状況が少しは見えてくるかもしれない。星川さん、一緒に考えてください」

もちろんですと答えたものの声は小さくなる。その言葉には二度と触れたくないブラックボックスと同じ匂いを感じて。最初に犠牲になったのは司書、という噂からして否応なしに関係はありそうだ。

三輪くんと自分では立場も年齢も異なる。共通項は何もないはず。なのに変な造語でつながっているとしたら。あんまりだ。

たまらず目を閉じた。秋坂高校の図書室が瞼の裏に浮かぶ。カウンターにあるのは諸注意を記したプレートと卓上カレンダーだけ。メモ用紙はいらない、ペンもペン立てもいらない、余計なものは外してくださいときつく指示されたから。

あれらは今も置かれていないのだろうか。それとも復活しただろうか。

後任の司書、徳島《とくしま》さんはあのカウンターから、生徒たちにどんな眼差しを向けているだろうか。

*

私立高校ならいざ知らず、県立高校は校長を含めて教職員が定期的に入れ替わる。偏差値向上に意欲的な校長が着任し、教育目標に「学業第一」を掲げても、早々に転任が決まれば他校に移ってしまう。目標を共有する教員が少なければ思うような成果は出ず、反対を唱える声が大きければごたごたが続く。意欲的な教職員がいても、上にその気がなければ力は発揮できない。

秋坂高校はさまざまな要素がうまく噛み合った例だろう。やる気に満ちた校長が高い目標を掲げて教職員を鼓舞し、それに応える人たちがいて、生徒が集まり始め、結果が如実に表れる頃、辞令が下りて次の校長へとバトンタッチされた。その新任校長は目標や理念に深く賛同し、熱意を持って引き継いだ。

その間、十年。中堅校だった秋坂高校は偏差値上位校にレベルアップした。

今では着任してくる教員たちの意識も変わり、難関大学を目指す生徒たちに学力をつけさせ、より高みへと押し上げるのが責務と理解している。部活動やイベントも学業に支障のない程度がお約束。体育祭や学園祭、合唱コンクールは、期間を区切られての練習や創作活動になるものの、それなりに盛り上がる。

その一方、心のケアも怠らず、全生徒が定期的にカウンセリングを受ける仕組みが作られている。思うように伸びない学力についての焦りや不安、あるいは人間関係のトラブル、家庭の問題など、スクールカウンセラーが多様な相談にのってくれる。

はっきりとした目標と、そのためのバックアップ、細やかな配慮。秋坂高校が人気校になったのには理由がある。難関大学を目指す生徒にとって、理想に近い公立校なのかもしれない。

不本意な形で去ることになった駒子にしても、生徒との楽しい思い出がないわけではない。日本の古典や世界的な文学作品を愛読している子もいて、感想を聞いたり質問に答えたりと新鮮な刺激があった。『レ・ミゼラブル』の舞台に感動して原作を読みはじめたけれど、難しくて何度も挫折していると生徒に言われたときには、昔の自分に出会ったような愉快さも味わった。駒子も久しぶりに読み返し、歴史的背景を生徒と語り合えたのも秋坂高校ならではかもしれない。

他にも池《いけ》井《い》戸《ど》潤《じゅん》の大ファンで、自分も半《はん》沢《ざわ》直《なお》樹《き》に負けないバンカーになるのだと熱く語る生徒、京都大学にある推理小説研究会から著名な推理小説作家が多く輩出されているのを知り、自分も絶対そのサークルに入りたいと目を輝かせる生徒、『神様のカルテ』に感動して内科医に惹かれるけども、『チーム・バチスタの栄光』を読んで以来、外科医もいいなと思いはじめ、どうしようと相談してくる生徒など、面白い子はいろいろいた。

秋坂高校に通う生徒のすごい点は、それらが十代特有のふわっとした夢の話ではなく、現実に繋がってしまうことだ。京大の推理小説研究会に憧れていた生徒はじっさいに京大に現役合格した。今はどんなミステリーを読んでいるだろうか。

「そう聞くと、悪い思い出だけではなさそうですね」

針谷に言われて駒子はうなずく。

「はい。静かに目立たないように活動していれば、咎められることはなかったですし、私なりに学校のカラーに馴染もうとしていたんですよ。でも」

「もしかして四年目に何かありましたか」

針谷の鋭い一言が駒子の胸に刺さる。そのタイミングで図書館に入ってくる男子生徒がいたので、「おはよう」と声をかけた。自習に来たらしい。頭を軽く動かし、男子生徒は目の前を通り過ぎていく。

時計の針は十時少し前を指していた。朝イチで本の配達に来た針谷は、このあと何軒か行かなくてはならないところがあるだろうに、真剣な顔で駒子の話に耳を傾けている。それだけ京山先生が今どうしているのか心配なのだ。

駒子はざわつく胸を抑え自分に言い聞かせる。ためらっている場合ではない。

「実は、四年目に図書館担当の先生が替わったんです」

「ほう。それって司書さんにとって重要な出来事なんですか」

「ふつうはそこまで影響ないと思います。トヨ高の担当は副校長なんですけど、ほぼノータッチで司書にお任せしますというスタンスです。ほとんどの高校がそうらしく、秋坂高校も特殊ではありませんでしたが、学校の方針に合わせていれば放っておいてくれたんです。ところが新しく就いた担当の先生によって、図書館の運営はとても厳しくなりました」

「どんな先生に替わったんですか」

「三十代後半の英語の男性教員で、西沢《にしざわ》先生といいます。限られた時間を無駄にせず、効率よく偏差値を上げていき、生徒の将来をしっかり切り拓く、というのが理念と言いますか口癖と言いますか。私にまで繰り返し語っていました。西沢先生は非常に優秀で、厳しいだけでなく、努力している生徒には心を砕いてサポートもします。褒め上手であり、たぶん教え上手でもあったはずです。きっと今もそうだと思います」

針谷は話を噛みしめ咀嚼《そしゃく》するように、ゆっくりうなずく。

「なかなか手強そうですね」

駒子の脳裏に目鼻立ちのくっきりした面長の風貌が浮かんだ。仲のいい教員や生徒たちと談笑していることもあったので、気さくで話しやすい面もあるのだろうが、好意的な表情が自分に向けられることは一度もなかった。そもそも西沢先生には、着任早々、初対面のときから胡《う》散臭《さんくさ》い者を見るような目をされた。本棚に本を並べているだけなのに給料がもらえる楽な仕事だと、聞こえよがしに言われたこともある。学校司書はそれに甘んじる厚かましくも図々しい人間と決めつけているのだ。

駒子は閉口したが、三十代というまだまだ若手の部類ながらも、西沢先生は秋坂高校の掲げる目標に素晴らしく合致し、校内ですでに一目置かれる存在だった。とても太刀打ちできない。関わりを避け、借りた本を返さないでいる生徒へのやんわりとした督促状や、リクエストした資料が入っていたという通知の紙を、職員室で手渡すくらいしか接点を持たなかった。

「そんな人がなぜ、よりにもよって図書館の担当に？」

　針谷に問われ、息をついてから答える。

「押しつけられたと本人は言ってましたよ。その通りでしょうが、ほんとうに嫌なら撥ねつけることもできたと思います。考えすぎかもしれませんが、図書館をもっと静かで落ち着いた理想的な自習室にしたかったのかもしれません」

「生徒との会話を禁止したのもその西沢先生ですか」

「はい。『私語厳禁』と書かれた紙を、私に作らせ貼らせたんです」

　忸怩《じくじ》たる思いが甦り、少し声が震える。横暴な上に陰険な先生だった。唯々諾々《いいだくだく》と従った自分が今はもどかしい。

「もしかして、四百ページを超える本を貸し出すなんて、受験生にとって非常識と言ったのも、その先生？」

「正確には、非常識極まりない、ですよ。足を引っ張るなとも言われました」

「すみません。不愉快なことを思い出させて。ちなみにそれはどの本だったんですか」

「『罪の声』です」

　たちまち「いいじゃないですか」と針谷。「でしょう」と駒子の声に生気が戻る。

　昭和の未解決事件である「グリコ・森永事件」をモデルにした小説だ。若い男性が父親の遺品の中に、不審なカセットテープを見つける。そこには子どもの頃の自分の声が入っているのだが、過去の事件の際、恐喝にその声が使われていると知り、彼は調べずにいられなくなる。

「むしろあれ、四百ページでしたか。読み応えがあったので五百ページは超えていると思っていました」

「四百ページちょっとです。冒頭部分から引き込まれ、大きな事件の醸し出す迫力に気持ち良くねじ伏せられ、登場人物たちの心情吐露に揺さぶられます。最後まで面白くてあっという間」

「ですよね。絶対読むべきです」

もちろん戸代原高校の図書館にもあり、駒子は同じ作者が次に出した本、『騙し絵の牙』を注文して針谷に持ってきてもらった。

「あの作者は塩《しお》田《た》武《たけ》士《し》さん。タイトル共々『せいしょる』という言葉にはかすりませんねえ」

「ああ。そういえば」

「待ってください。西沢先生の下の名前は？」

「確か『かずき』とか『かずや』とか」

針谷は話題を謎の言葉、「せいしょる」に戻し、わかりやすく落胆する。

「清《せい》司《し》郎《ろう》だとよかったんですけど。ちがいますか」

「ちがいますよ。それで『せいしょる』だと隠語にならないでしょう？」

「ですね。でも星川さんが『罪の声』を貸し出した一件で嚙みつかれたあと、秋になってからでしたっけ、生徒が学校をサボってどこかに行ってしまったんですよね。それも激しく糾弾したのは西沢先生ですか？」

嫌な思い出となると必ず関わる人物なので、頭から振り払いたいができない。

「ご明察です。生徒の行き先は佐渡島で、きっかけとなったのは原田《はらだ》マハさんの、『星がひとつほしいとの祈り』という短編集」

今度は低く長く、「うーん」と針谷の唸《うな》るような声がする。

「タイトルには覚えがあるんですが。どんな内容だったか……」

「原田さん、著作が多いから」

「もしかして盲目のおばあさんが出てくる話ですか？」

「おお。当たりです。すごい。表題作がそのおばあさんの話で、佐渡島に行くのは別の話です。どの短編も素晴らしいんですよ。沈下橋《ちんかばし》の話も大好き。でも、これまた『せいしょる』にはなりませんね」

駒子は他にも思いつく限り、秋坂高校の教職員の名前やイベントの名称、地名などを考えてみたがどれもピンとこない。

「せいし、せいしょ、せいしょう、せい・しょ。わかりませんねえ」

いったいどこから持ってきた言葉だろう。何かの「もじり」だろうか。

「漢字にすると押さえとどめる制止、生き死にの生死、紙を造る製紙、正しい歴史の正史、せいしょはバイブルの聖書？　誓いを書く誓書、きれいに書く清書。せいしょうはこのあたりだとやっぱり西湘《せいしょう》バイパス？　あ、清少納言《せいしょうなごん》もありますね。コンテストの大賞を正賞と言う場合もあるか」

独り言のように口にしながら針谷は図書館のカウンターを見てまわる。トヨ高のそこにはカレンダーや利用者向けの注意書きの他、ペン立てもメモ用紙も手作りの栞も、おすすめ図書をまとめたペーパーも、本の感想を書いて入れる箱も置いてある。卒業生が残していったキツネのぬいぐるみなどは、意外と男子生徒が手を伸ばし、頭を叩いたり撫でたりする。微笑ましい光景だ。

図書館に来てくれる生徒に、こちらの歓迎の意を感じ取ってほしいし、親しみを持ってほしい。ここはあなたの居場所だと伝えたい。そんなメッセージをメモ用紙にも栞にも込めているつもりだが、よけいなことだと否定された過去を、今さらながら駒子は噛みしめる。

さらに針谷は入荷してきたばかりの本を並べたコーナーや、壁に貼りだした人気本ランキング、各教科の先生にあげてもらった「イチオシ本」を丹念に眺め、フロアの大半を占める本棚へと向かう。

「南場くんは、『最初の犠牲者は司書の先生』と言ったんですよね？　とすると、やはり図書館内に『せいしょる』の語源はあるような気がします。ここにあって秋坂高校にはないもの、あるいはその逆で、思い出すものはありませんか」

「とりあえず西沢先生がすごく嫌うのはぬいぐるみと、先生たちが協力してくれた『イチオシ本』だと思います」

「なるほどねえ。図書館で和んでほしくないんでしょうね。自分の認めた場所じゃないから、他の人が認めるのも気にくわない。そういう人が力を得ると、難癖付けて目障りだと攻撃し始める。でも、結局攻撃するのは自分が勝てそうな相手だけですよ。星川さんの話を聞いてそう思いました」

針谷は本棚の間を歩き、足を止めて棚から一冊を引き抜いた。

話に出たばかりの『罪の声』だ。不穏な空気と不吉な陰がページを追うごとに強まる内容と、骸骨《がいこつ》があしらわれた表紙はみごとにマッチする。けれどそれだけではない。最後は思わぬ形で胸が締め付けられ、忘れがたい物語になる。まさに読書の醍醐味だ。それを味わわずにいるのは勿体ない。

針谷は手にした本を様々な角度から眺め、目次を開き、中身をぱらぱらめくり、奥付までチェックしてから首をひねる。息をつき、諦めるように静かに本を棚に戻す。

続いて原田マハの著作が並んでいる棚へと移動した。『星がひとつほしいとの祈り』もすぐに見つかる。さっきと同じように眺め回して目次を開く。

「短編のタイトルに、英語の副題がついているんですね。しゃれてる」

「ええ。生徒が刺激を受けたのはこの中の『Ｔｈｅ　Ｈａｒｍｏｎｙ』。佐渡島でトキの保護活動をしている様子を、女子中学生が見学に行くんです。終盤、地元の男の子と共にトキを呼び寄せるかけ声を発すると、それが美しいハーモニーになっているという話で」

「日本語のタイトルは『斉唱』ですか」

「綺麗な響きですよね。よく使われるのが『国歌斉唱』という言葉で、声をそろえて歌うという意味だそうです」

「星川さん」

あらたまった声で名前を呼ばれ、「は？」と聞き返す。

「『せいしょう』ですよ」

針谷の含みを持たせた声音にとまどい、次の瞬間、駒子の心臓がびくんと跳ねた。

「え？　まさか」

字面と内容の印象がとてもよかったので、悪い噂話に使われるイメージがまったくなく、気付かなかったどころか指摘されてもなおピンとこない。

「この話を読んで影響を受けた生徒が無断欠席して佐渡島に行ってしまい、責任を押しつけられた司書の先生は学校からいなくなったんですね？」

「待ってください。たしかにそうですけれども」

「仮定で考えてみましょうか」

動悸が収まらず、その場にしゃがみ込みたいほど駒子は動揺しているのに、針谷は落ち着いた声で冷静に話を進める。

「短編のタイトル『斉唱』からこじつけたとして、つまり『せいしょる』にはどういう意味があると星川さんは思いますか」

「考えたくないです。すがすがしく胸に染み入る佳作を、変な隠語に使うなんて冒瀆です」

「その冒瀆が、未だに生徒間で続いているとしたら、それこそが問題なわけですよ」

思わず口をへの字に曲げ、弱々しくうなだれる。さっきからずっと避けたくてたまらない話題が続き、逃げ出したいのをこらえている。脳裏にちらちらよぎる顔を消し去ることに必死だ。けれど「斉唱」がまったくちがう意味に置き換えられ、おかしな使われ方をしているとしたら、哀しいし、口惜しい。是正の機会はあるだろうか。あってほしい。

その一念で自分なりに考えをめぐらせ、駒子は口にする。

「生徒が家出することを指しているんじゃないですか。そのとばっちりを受けるという意味が『せいしょられる』で」

「隠語を使っている生徒たちは怖じ気づいているようです。生徒は生徒が家出しても困りませんし、怯えたりしませんよね」

「だったら、先生が学校からいなくなる、つまり異動するという意味ですか。生徒に置き換えると退学。あるいは停学。留年とか」

「意に反して退学に追い込まれる。たしかにそれは恐いですね」

針谷はうなずいてくれたが、駒子が首を傾げた。

「自分で言っておいてなんですが、無理やり退学させられることを恐れるのは、どこの学校の生徒も同じですよね。隠語を使って噂し合うというのはちょっと」

「不自然ですか？」

「はい。秋坂高校の生徒は自分に自信がありプライドも高いです。陰でこっそり、ちょっと聞いただけではわからない言葉を使って恐れるのは、らしくない気がします」

「隠さなければいけない状況とか、何が何でも知られたくない相手が、存在しているのではないですか。遠くではなく身近に」

生徒がそこまで恐がる存在。

駒子は手を伸ばし、針谷から『星がひとつほしいとの祈り』の文庫を受け取る。

この本のせいで起きた騒動がある。この本のおかげで巻き込まれた出来事がある。この本によって非難を浴びせかけられ、この本が自分に異動を突きつけた。

ちがう。この本は何もしていない。生徒の心を強く摑む一編を収録していただけ。

騒動を起こしたのは。

「西沢先生」

あの先生が騒ぎ立て、司書を糾弾し、図書館を無力化させた。

「私を一方的に悪者扱いしてきたのは西沢先生です。あの先生によって追い出されたと言ってもいいのかもしれません。でも他のケースにあてはまるかどうかはわかりません」

針谷も同じことを考えていたらしい。手ぶらになった腕を組み、言葉を選びながら駒子に語りかける。

「ぼくの想像ですが、『斉唱』という短編がきっかけとなり、西沢先生から責められていた先生が学校からいなくなった。一連の流れを見ていた生徒が、西沢先生の行いに名前をつけた。『せいしょう＋る』という動詞。それが詰まって『せいしょる』。その場限りのブラックジョークだったのかもしれませんが、消えてなくならなかったのは、西沢先生の攻撃の対象が図書館の先生にとどまらなかったから」

西沢先生が目を付ける、排除の標的にする、それが「せいしょる」で、西沢先生に追い詰められる、つぶされるが「せいしょられる」。そう考えると、昇一の噂話と辻褄が合う。

彼は、またせいしょるが始まった、せいしょられたらアウト、みんな、せいしょるにびびっている、そんなふうに秋坂高校の生徒たちの言葉を伝えた。

駒子はお腹にぐっと力を入れる。自分は異動になり離れてしまったが、それ以降も西沢先生の権力は陰ることなく、もしかしたら勢いを増し、生徒たちに隠語を使わせているとしたら。

「在任時、もっともっとぶつかっていくべきでした。砕けてもいいからガンガンと。尻尾を巻いて逃げ出しただけなんて。情けないです」

「星川さんがぶつかっても暴れても、状況は変わっていませんよ。あなたひとりで変えられる相手ではない。体制でもない。今は今で考えるべきことがまだあります。落ち着いてください」

「まだできることがありますか」

針谷は駒子の手にある本をじっと見つめながら口を開く。

「京山先生には『せいしょる』のことを話しましたか」

「南場くんと話したときに近くにいたので、少しは聞こえたみたいです。見当も付かず、あれってどういう意味でしょうねと互いに首をひねりました」

「この文庫のことは？」

「話してないです」

「だったら京山先生は『せいしょる』の真意に気付いてないのかもしれませんね」

だからなんだと言うのだろう。問いかける駒子の眼差しに、針谷は答える。

「ぼくは『逆せいしょる』が気になります」

昇一の話の中にあった言葉だ。

「逆が付くとどうなるんですか」

「せいしょる」に、「西沢先生から目を付けられる」「つぶされる」という意味があったなら、その逆はなんだろう。

「つぶされるの逆、『西沢先生をつぶす』という意味になりませんか」

それを聞いて駒子は呆然と立ち尽くした。

二の句が継げない。

追い詰められた過去の自分が、西沢先生への意趣返しをまったく考えなかったとは言えない。

口惜しくて口惜しくて、夢の中で自分も鋭く光る凶器を握っていた。

「危ないです。それは。三輪くんは自室にナイフを持っている」

もしも西沢先生が敵になったなら、学校という大きな組織が敵になったも同然だと思うだろう。誰も助けてくれない。庇ってくれない。権力を持つ側の言動に生徒たちは敏感で、尻馬に乗ることはなくても巻き込まれるのを避けようとする。孤立感は日を追うごとに深まるだろう。勝ち誇った西沢先生はさらに勢いを増し、徹底的に相手を叩く。反論しても嘲笑されるのがせいぜい。

見てきたように状況が浮かび、駒子は震えた。

「早くなんとかしなくては」

「ですね。京山先生は今朝、急に学校を休む連絡を入れました。家族から何か連絡があったのかも。ただ」

「ただ？」

「京山先生の頭にあるのは、三輪くんが自傷行為に走るのではという心配がほとんどな気がします。誰かを攻撃する可能性も考えているでしょうが、具体的な人物に思い当たってなければ防ぎようもない」

だったらどうすればいいのか。今、自分にできること。しなくてはいけないこと。

「星川さん、京山先生に連絡が付きませんか。ぼくの考えが外れているかもしれませんが、三輪くんを西沢先生に会わせない方がいい。それを伝えたいです」

自室のナイフを、彼はお守りと言ったそうだ。自分を救うためにすがりつくものであり、自分の魂を壊されないために握りしめるもの。けれど、使い古された言葉だろうが、暴力では何も解決しない。使い古されるほど、多くの悲劇が教訓を生み出している。

暴力では自分を守れない。

「電話番号とか、星川さんは知りませんか」

「私は……」

首を振った視線の先に自分が貼りだした紙が見える。先生たちにお願いしてお勧めの本をあげてもらった。あのとき、メールだけでなく手書きの依頼書も渡した。そこに記入して返してくれる先生もけっこういて、京山先生もそのひとりだった。しかも律儀に連絡先の欄に自分の携帯番号を書き入れて。

「あるかもしれません。まだ残してあるので」

駒子はフロアを横切り準備室に入り、大急ぎでファイルを探す。見つけた紙の束をめくっていく。

「あった」

京山先生が勧めるのは東《ひがし》野《の》圭吾《けいご》作、『真夏の方程式』。テレビドラマで一躍有名になったガリレオシリーズの一冊だ。

〝冒頭が電車の中のシーンだからと、鉄道模型部の生徒に言われて手に取った。テーマは「科学技術と環境破壊」。興味深い内容でしみじみ考えさせられたが、自分としては湯川《ゆかわ》先生と少年の交流にも心が揺さぶられた。小学校の先生になりたくなった〟

最後の一言に京山先生の人となりが表れている。

そしてアンケートには、駒子の記憶通りに電話番号も書かれていた。

針谷は準備室の入り口のところにいたので、その場所で待機してもらい、駒子はスマホを手に準備室の一番奥に向かった。キャビネットの陰に身を寄せて電話をかける。

長くコールしたが繋がらない。かけ直し、再び耳を澄ます。やっぱりダメか。出てくれないか。そう思ったとき、呼び出し音が止まった。

「もしもし。いきなりすみません。司書の星川です。京山先生ですか」

少し間を空けて、「え？」という京山先生の声が聞こえた。

「戸代原高校図書館の星川です。以前いただいたアンケートにこの番号が書いてあったので」

「星川先生？」

よかった。繋がった。

「今朝、副校長が図書館に来たんです。京山先生から急なお休みの連絡があって心配だと。そのあとユーカリ書店の針谷さんが本を持ってきたので、何か事情を知っているかと聞いたら、やはり先生のことを心配してて」

「急に休んでしまって申し訳ありません」

「休むくらいはもちろんいいんですよ。こちらは大丈夫なんですが。先生の元教え子さん、秋坂高校に通っているんですよね。三輪くんでしたっけ。針谷さんからいろいろうかがって、私も彼のことがとても気になって。京山先生の欠勤と関係ありますか」

受話器から息をつく気配がする。その向こうに、かすかにホイッスルの音が聞こえた。学校のそばにいるのだろうか。

「針谷さんから聞いたならご存じだと思いますが、その三輪が今朝、書き置きを残して家を出たそうです。親御さんから電話があり、いてもたってもいられなくなったんです」

どんな書き置きかと問えば、「こっちが本気だと教えてやる。家には帰れないかもしれない。ごめんなさい」とあったそうだ。

「早まったまねをするんじゃないかと、家族も心当たりを探しています。私もついさっき秋坂高校に来たところなんですが……」

　家族や近しい人に、もう帰れないと言われたら、心配でじっとしていられなくなるのはよくわかる。でも駒子としては、三輪くんの「本気を教えてやる相手」の方が気になる。

「彼はまだ見つかってないんですか」

「はい。朝は学校には来たらしく、姿を見たという生徒がいたんです。でも今は校内にいないみたいで」

「先生、秋坂高校の教員で、西沢先生という方の話を、三輪くんから聞いていませんか」

「英語の西沢先生ですか。だったら担任の先生ですよね。彼のお母さんからかな。名前だけは聞いてますが」

　担任。それはなんて濃い関係性だろう。

「私も一度、挨拶くらいした方がいいかと思っているんです。出しゃばってはいけないでしょうが、話くらいはできないかと。ただ、西沢先生は親知らずの抜歯で、今日は二時間ほど遅刻してくるそうです」

「西沢先生は今、学校にいないんですか」

　とっさに壁の時計を見た。十時半を回っている。二時間の遅刻なら昼前に登校するのではないか。三輪くんもどこからかその情報を得たとしたら。

「京山先生、詳しいことはあとで話します。三輪くんは鬱憤《うつぷん》を爆発させてしまうかもしれない。

だから西沢先生と会わせないでください。こうしている今もどこかで待ち伏せしているのかもしれない。校内なのか、駐車場なのか、最寄り駅の周辺なのか、わかりませんが今すぐ探して、彼を止めてください。そして『せいしょられた司書から重要な話がある』と伝えてくれませんか。お願いします」

電話を切って針谷のもとに行く。今のやりとりを話し、騒ぐ胸をなんとかなだめた。今は悪いことが起きないよう祈るしかない。

針谷は三輪くんについてもう少し話してくれた。なかなかの読書家らしい。小学校の頃、本に関わる仕事がしたいと京山先生に語ったそうだ。今はＳＦ小説から宇宙へ興味や好奇心を広げ、大学では何を専攻するか絞っている最中とのこと。

そんな話をしたあと、何も手に付かないと言いつつ、針谷はスマホで自分の仕事をいくつかこなし、駒子も入荷した雑誌にラベルを貼って書架に置くが、何度も時計を見てしまう。胃が痛くなってくる。昼休みになると生徒が数人やってきて、本の返却などして帰って行く。自習の席もぽつぽつ埋まっていた。

そこに電話がかかってきた。京山先生からだ。再び針谷にフロアを頼み、急いで準備室に入って電話に出る。

「もしもし。三輪くんはどうしました？」

「見つけました。駅の近くで。物騒な荷物を取り上げ、雑居ビルの裏手にまわり、今、コンクリートの台座に腰を下ろしたところです」

駒子は全身で大きく息をついた。キャビネットの陰から半身を出すと、こちらをうかがう針谷と目が合った。途中報告ではあるが、指でＯＫのサインを出す。

スマホに向かって「よかったです、無事だったんですね」と声をかける。

「ご家族にも電話で伝えたところです。なあ、大丈夫だからしっかりしろ。おまえのことを気に掛けている人はいっぱいいるんだからな」

京山先生の言葉の後半は、そばにいるらしい元教え子に向けてのものだ。やっと駒子の気持ちもほぐれる。電話越しに「ありがとうございます」と言われ、首を横に振った。京山先生が駒子からの突然の指示に眉をひそめることなく、すぐ動いてくれたので発見できた。

「京山先生、三輪くんと話ができますか。私から三輪くんに、伝えたいことがあるんです」

「待ってください」

トヨ高の図書館の先生だよ、と声がする。

「どうぞ話してください」

駒子は目を閉じ、「こんにちは」と語りかけた。

「星川と言います。三輪くんはたぶん、『せいしょる』の語源となった原田マハさんの『斉唱』を読んでいるよね。あれを読んで、佐渡島まで行ってしまった生徒がいることも知っているでしょう？　三輪くんの二学年上かな。私が秋坂高校から異動になった翌年の三月、卒業式を終えた翌日に、その子がトヨ高まで来てくれたんだよ。騒ぎになって以来、ろくに言葉も交わしていなかったから、会いに来てくれてようやく本の感想を話すことができたの。佐渡島の話も聞いた。トキの保護センターにも行ったんだって。『こーい、こいこい』をふたりでやって笑っちゃった。三輪くん、そんなふうにさ、人生は続いていくんだよ。私はそう思っている。だから君の感想も話しに来てよ。今すぐでもいい。明日でもいい。一年後でも十年後でもいい。ずっと先だと異動になっているだろうけど、私はどこかの県立高校の図書館にいる。そこには必ず、あの本が置いてあるから」

本に囲まれた場所で、司書たちもトキを呼ぶように、心の中で利用者を呼んでいる。

ここにおいでよ。ここなら翼が休められるよ。種をまいて水をやった畑のように、丹精込めた棚が並んでいるから。木陰に置いたベンチのように誰でも座れる椅子もある。

「行けたらいいな」

つぶやきが耳に入る。三輪くんだ。

「トヨ高の図書館に。もっと他のいろんな場所にも。京山先生や親に心配をかけているのはわかっているんです。バカなまねをしちゃいけないっていうのも。でも、あいつの顔を見たらどうなるかわからない。いつかではなく今、我慢ができなくなる」

追い詰められた者からの満身創痍《まんしんそうい》の独白だ。自分を押さえつける強い力を、切り裂かなくては息もできない。つぶされてしまう。

学校なんか行かなくてもいいと京山先生の声がした。無理しなくていい。戦わなくていい。それは負けじゃないから。傷ついた自分が回復するのを待つだけだから。

駒子も「そうだよね」と声を出した。

「私は図書館にいたからなんとかなった。つらくなる原因、この場合は人だね。原因の人と顔を合わせることがほとんどないって、重要だよ。学校のすべてがきつかったんじゃない。楽しいことだってあった。でも行かなくなったらすべてを否定したように思われるかもしれない。それもまた嫌で、無理してでも登校したかった。意地が通せたのは図書館があったからだと今ならよくわかる」

居場所が教室や職員室しかなかったら、我慢は続かなかった。理不尽を押しつけてくる相手を意識せざるをえず、心身共にすり減る。大勢の中で、ひとりでいるのはしんどい。図書館はひとりが当たり前のところだから気が休まる。

今さらながら、たくさんの大人や子どもが押し込められている学校は、なんて窮屈な場所だろう。理想は西沢先生に正々堂々異議を申し立て、自分の考えに偏りがあることを理解させ言動を改めさせる、だろう。けれど一朝一夕にはいかない。ねじ伏せようとした段階ですでに負けなのだ。相手をやり込めてなんになる。かといって丁寧に言葉を尽くしても、相手に聞く耳がなければ届かない。

主義主張、価値観の異なった人に出会ったとき、どうすればいいのか。年を重ねた大人だって、その都度考えあぐねる難題だ。まして十代の子だったなら。途方に暮れるのは無理もない。

三輪くんが「あっ」と声を発した。

「図書館の先生、トヨ高ではなく秋高の。この前、放課後遅くまで図書館にいたら言われたんです。『教室が嫌ならここにいればいい』って。『朝ここに来て、昼になったら準備室で弁当を食べ、ここから帰ればいい』って。そのときは何を言われているのかわからなかったけど、もしかしたら保健室登校のように図書館を使っていいという意味だったのかな」

それだよと、駒子は思わず拳を握りしめる。

「今すぐ相談してみて。今だよ、今。その先生はきっと力になってくれる」

「でもすごく恐そうな人で」

「ちゃんと話す前に、そんなこと言わないの！」

ここぞとばかりに先生らしく諭す。価値観の異なる雑多な人間がひしめく学校で、居場所のあるなしは誰にとっても重要だ。生き延びるためのクモの糸になりえるのだから。

＊

その日の昼休み、京山先生は登校してきた。心配していた副校長に午前中の欠勤を詫び、穴埋めをしてくれた数学の先生たちに礼を言い、午後の授業は通常通り行ったという。

放課後、図書館にも顔を出してくれた。

「ほんとうにお世話になりました」

カウンターを図書委員の子に頼み、フロアのはじっこまで移動した。京山先生は几帳面に頭を下げる。

駒子はほとんど話していないが、三輪くんから聞いたのか、察するものもあったのか、京山先生は三輪くんを追い詰めたものの正体に理解が及んでいるらしい。

　駒子との電話のあと、三輪くんの父親がふたりのいる場所まで駆けつけたので、京山先生は知っている限りの事情を話したと言う。膝を抱えてうなだれる息子を見ながら、父親はじっと耳を傾け、自分が司書に相談すると言ってくれた。三輪くんも同意したのであとは任せることにした。

「ふたりはまず図書館で司書の先生と相談し、図書館登校の許可を得てから、お父さんだけが担任の先生に会いに行ったそうです。賢い順番だと思いました。西沢先生には事後報告で、何を言われても曲げなかったおかげで当面の間は図書館で過ごせそうです」

　三輪くんからも京山先生に電話がかかってきたそうだ。父親が引き揚げたあとも図書館にいて、教室に寄ることなく帰途に就いた。司書の先生には「よけいなことを考えなくていい」と言われ、「また明日」と声をかけられた。

「学校の中に、味方の先生がいることが嬉しかったようです。それに気づけたのは星川先生のおかげです。ありがとうございました」

「私は何もしていません。今も昔も非力ですから。でも秋坂高校の今の司書、徳島先生は力になってくれると思いますよ。過去の図書館の資料に徳島先生の言葉が載っていまして、『本好きの生徒を守るのと、増やすのが、学校司書の務め』ですって」

　京山先生はまぶしいものでも見るように目を瞬き、微笑んだ。

「生徒を守るのは教師の重要な役目ですよね。私も肝に銘じますが、そこで『増やす』という言葉が、『守る』と同じ強さで語られるのがすごいです。私はそこまで数学好きを増やしたいと思っていなかったので。いや、数学好きの生徒を守る意識もあまりなかったですね」

なんということだ。愛が足りないんじゃないですかと駒子が言うと、司書さんは本への愛が強過ぎなのではと突っ込まれる。

京山先生は「斉唱」の入った本、『星がひとつほしいとの祈り』を借りていった。自分も本好きにされたひとりだと言って。

京山先生は帰宅途中にユーカリ書店に立ち寄り、針谷にも厚く礼を言ったそうだ。

今回、胸騒ぎがすると朝イチでトヨ高にやってきて、秋坂高校を知る駒子から話を聞き出し、粘り強く真相に迫った針谷がいなかったら、事態はどうなっていたかわからない。京山先生が三輪くんを見つけたのは高校の最寄り駅近く。逃げられないよう腕を摑み、有無を言わさずその場から離れたそうだ。彼は抵抗もしたが振り切るほどの力はなく、雑居ビルの裏に連れて行かれた。

すんでの所で間に合ったのだと思う。取り返しの付かないことにならなくてよかった。図書館登校が正しい方法かどうかはさておき、三輪くんが本来の自分を取り戻すまでの、安全な場所になってくれればと思わずにいられない。

駒子が祈りながら静観していると、十日ほど経った昼休み、噂話の好きな昇一が「先生、あのさ」と話しかけてきた。

「前に秋坂高校の話をしたよね。『せいしょる』『せいしょられる』って覚えている？」

「うん。まあね」

「あれの意味がわかった。『せいしょる』ってさ、精神統一するために図書館で勉強することらしいよ。成績が落ちて、それを無理強いされることが『せいしょられる』」

　南場くんは「こええよぅ」と震えるまねをする。

「『逆せいしょる』は？」と駒子は尋ねる。

「自分からすすんで図書館で精神統一して勉強すること。無理だわ。ちょー無理」

　なんだろう、その、滝修行みたいなものは。

「そういえば、最初の犠牲者は司書の先生と言ってなかった？」

「自らすすんで勉強なんて崇高な連中ばっか集まったら、そりゃ司書の先生も息苦しいよ。あくびもできないし、くしゃみのひとつも出しにくい。巻き添えの犠牲者だね」

　南場くんに、「星川先生も無理でしょ」「やってられないでしょ」と言われ、「一緒にしないで」と言い返す。

　まわりから「先生たち静かに」と注意され、すみませんと肩をすくめた。

　今ごろ秋坂高校の図書館では「せいしょる」の意味を変えてしまうほど賢い生徒が、机に向かって勉強をしているのだろう。合間には本も読んで。どちらも未来の彼に力を貸してくれる。

　その日、司書仲間からメールが届いた。秋坂高校の図書館担当教員が、学期途中にもかかわらず急遽変更になったという。西沢先生から、四十代の現国教師へと。徳島さんたっての希望らしい。

話によればその現国の先生は徳島さんのかつての教え子で、大変お世話になったのでぜんぜん頭が上がらない、できる限りお手伝いしたいと、かねてより校内で公言しているそうだ。教え子とは学校司書と生徒の関係を指すのか、県立図書館で何かの研修でも受けたのか、はたまた柔道の話なのか。調査待ちだ。いずれにせよ強力な味方になってくれるのだろう。

駒子は確信する。在籍当時、いらない、下げろと言われたメモ用紙やペン類は、秋坂高校図書館の貸し出しカウンターにきっと復活している。「私語厳禁」と書かれた紙も、すでに剝がされているにちがいない。

クリスティにあらず

放課後、図書館のカウンターを図書委員の生徒たちに任せ、駒子は準備室で資料を整理していた。

視界の隅で、何かが動いたような気がして顔を向ける。戸代原高校の図書館は四棟ある校舎のうちもっとも北側の第二専門校舎、通称「ニセン」の一階に位置している。南側の図書館フロアからは中庭を挟んで第一専門校舎「イチセン」が見えるが、北側の準備室の窓の外には細い通路と生け垣があるだけ。日に何度か巡回する警備員以外に、歩いている人を見たことはない。

そこに誰かいる。レースのカーテン越しなので姿形はぼんやりしているが、足を止めて準備室をうかがっているようだ。こつこつと窓ガラスが叩かれた。

駒子は訝しみつつ歩み寄り、カーテンのはじっこをつまみ上げる。

がたいのいい若い男性が立っていた。生徒ではない。教職員の中にも覚えがない。

戸惑っていると、日に焼けた真っ黒な顔にくったくのない笑みが浮かんだ。口元からこぼれる白い歯がすがすがしい。目鼻立ちは濃くしっかりして髪の毛は茶髪の刈り上げ。大きな耳が目立つ。「先生」と呼びかける口の動きに、ようやく駒子の記憶が追いついた。

「羽多《はた》くん」

相手の目尻の皺がいっそう深くなり、駒子はカーテンを寄せてガラス窓を開いた。

「どうしたの。びっくりした」

「よかった。覚えててくれて。じゃなきゃ俺、不審者で通報されますよね」

「そんなわけないでしょ。覚えているわよ。でも驚いたのはほんとう。なんでまたトヨ高に？」

羽多は楽しげに一歩下がり、自分の手で胸から腰にかけてなで下ろした。

「俺のかっこう見て、ピンときません？」

言われて全身を眺めまわす。白いロンＴにポケットの多いベストを合わせ、下は迷彩柄のカーゴパンツ。足下はかなり履き古したと思われるスニーカー。それだけなら渓流釣りに出かける釣り人のようだが、ロンＴは無造作に腕まくりされ、ベストのところどころが白茶けている。額には汗がにじみ、それをぬぐったであろうタオルを腰に引っかけている。

高校時代の彼の専攻を思い出したとたん、駒子も満面の笑みを浮かべていた。

「もしかして大工さんになったの？　トヨ高には仕事で？」

駒子が学校司書として初めて赴任したのは工業高校だった。羽多はそのとき建築科の二年生で、今より細くてすらりとしていた。そして図書委員として駒子の仕事をずいぶん手伝ってもくれた。

「高校を出てから工務店に就職して、みっちり仕込んでもらいました。今では壁塗りもコンクリ打ちも屋根葺《やねふ》きもだいたい一人前っすよ」

「わあ。立派になったねえ」

「五年になるんで見習いとも言ってられなくて」

そういう世界なのだろう。筋肉のほどよくついた体軀《たいく》も日に焼けた肌も頼もしい。

「仕事ってことは……えっと、なんだろ。あ、体育館裏の部室か」

「ですです。部室の中は燃えたり消火剤をかぶったりで、リフォームをうちが請け負ったんです。図書館がこの近さなら、先生も大変だったんじゃないですか？」

「私、ちょうど居合わせたのよ。血の気が引いたわ」

一ヶ月ほど前になる。夕方の五時半頃、図書館を閉めて帰り支度をしていると、北側の窓の向こうが白んでいた。焼却炉は離れたところにあるのに、煙らしいものが流れてきている。駒子は不審に思い、窓ガラスを開けてみた。たちまち焦げ臭い匂いが鼻を突く。図書準備室には直接外に出られるドアがついているので、めったに使わないそれを開けて小道に出れば、体育館の裏から煙が立ち上っていた。他にも異状に気付いた人がいるらしく、火災報知器のけたたましい音が鳴り響いている。

冷静に、冷静に。駒子はそう自分に言い聞かせ消火器を取りに行こうとしたが、下のテニスコートから階段を上がってくる生徒たちが見えて駆け寄った。興奮している生徒たちを押しとどめ、騒ぎを聞きつけ、集まってくる生徒たちにも離れるよう叫ぶ。そうこうしているうちに消火器を持った職員たちが現れ、煙をかいくぐって火元に向かった。

迅速な消火活動の甲斐あって火は燃え広がることなく、火元であるサッカー部の部室の一部を焦がしただけで消し止められた。

戸代原高校の運動部部室は数年前まで敷地内に点在していたが、どれも老朽化が進み、体育館の西側に新たな棟が作られた。ほとんどの部がそこに集められたものの、中には撤去を免れた建物もあり、体育館の北側にも平屋の一棟が残された。ふた部屋あるうちの片方を、引っ越したはずの陸上部が倉庫代わりに使い、もう一部屋を男子サッカー部が現役で利用している。洗濯機や物干し場を自分たちだけで使えるので、勝手がいいらしい。

「いつもだったら更衣室としても使われていたけど、その日は他校で練習試合があって、サッカー部の子たちはいなかったの。置きっ放しの衣類などはさておき、制服や教科書とかの必需品はなく、着替えの類いもなく、けが人もいなかった。不幸中の幸いではあったのよね」

羽多は物わかりよくうなずく。

「大ごとにならなかったのは何よりです。放課後とは言えまだ人のいる明るいうちってのも、よかったんじゃないですか」

「まあね。通報を受けた消防車が来たり、出火原因の調査が始まったりと校内はしばらく落ち着かなかったけど。誰もいないはずの部室からの出火だったから、なぜどうしてと、みんな好き勝手なことを言うのよ」

さまざまな憶測が飛び交った数日間を思い出し、駒子は小さく息をついた。そんな駒子を尻目に羽多はさらりと言ってのける。

「原因は漏電《ろうでん》でしたよね。火元は古い扇風機で」

よく知っている。

「何かの弾みでコンセントから火花が散って近くの物に燃え移るって、火事の原因としてけっこうあるみたいですよ。俺が見たのは消防署の調査が終わったあとの状態ですけど、建物そのものが古くて、電気や水道の配線や配管もガタがきている。何があってもおかしくないと思っちゃいました。ボヤのあった前日に、顧問の先生に注意されて、サッカー部の生徒たちが室内を片付けたと聞きましたし。そのとき扇風機を倒してコードを損傷させた。もしくは、コンセントと電源プラグの間にほこりでもたまって発熱した、という可能性は十分考えられます」

「羽多くん、消火された直後の部室を見ているの？」

「はい。うちの会社に後始末の仕事がまわってきたんです。そのあと、解体するのではなく、直せるものなら直したいと学校側から言われて、改めて見積もりを出してリフォームもうちがすることに」

「へえ。そんな流れがあったのか。ずっと立ち入り禁止になっていたからよくわからなくて。また部室として使えるとは聞いてたの。サッカー部の子たちもすごく喜んでいた」

「今度はしっかりしたのを作りますよ。予算内で」

羽多の話を聞いていると、トヨ高にやってきたのはここ数日ではないらしい。仕事で通っているうちに、駒子が司書として働いていることを知ったのだろうか。

それを尋ねると工業高校時代の別の図書委員の名前をあげた。その元生徒と駒子は町中でばったり会い、今の勤務先を話していた。そこから情報を得たそうだ。

「先生がトヨ高に勤めているとわかっていたんで、絶対挨拶に来ようと思っていたんですけど、なかなか手が空かなくて。今日は早めにあがれたので『よしっ』ですよ。そしたら図書館にくる途中でこんなものを拾いました」

言いながら片手を持ち上げ、羽多は手の中の物を見せてくれる。

「ここの本でしょう？」

彼の言う通り、それは「戸代原高校図書館」とラベルの貼られた文庫で、雫井《しずくい》脩介《しゅうすけ》作『犯人に告ぐ』。

駒子はにわかに顔を引きつらせた。

「これ、どこで拾ったの？　他に何か落ちてなかった？　あったはずよ。生徒の靴とか鞄とか手帳とか」

「先生？」

「いいえ、これだけですけど」

とまどう羽多に向かって、駒子はさらに畳みかけてしまう。

「羽多くんの目についたのが本だけだったんじゃないかな。必ず何かそばにあったと思う。なきゃおかしいの」

ここしばらく校内で不審な出来事が相次いでいる。駒子は踵を返し、貸し出しカウンターの図書委員たちに「ちょっと出てくる」と声をかけ、準備室に付いているドアを開けて外に出た。そこには面食らった羽多が本を片手に突っ立っている。

　駒子は本はどこに落ちていたのかと尋ね、彼を急かして歩き出す。

　図書館の北側の小道はほぼまっすぐ体育館の裏に繋がっている。手前にテニスコートに降りていく階段があり、そこを横断するとコーンが置かれ、立ち入り禁止のテープが貼られていた。その奥に現在リフォーム中の平屋が見える。ブルーシートの掛けられた建築材などもあり、大工になった羽多の大事な仕事場なのだろう。

「部室の手前にこの本が落ちていたんです」

　テープの貼られたコーンの隙間を抜け、さらに小道を進み、羽多は体育館側の茂みを指さした。ツツジなどの低木の間で、雑草が地面を覆っている場所だ。

　駒子はきょろきょろしたが目に付くものは見当たらない。小道を挟んで反対側にはベンチもあり、その周辺にも何も落ちていなかった。

「おかしいなあ。本だけなんて」

「先生、さっきからなんですか。ちゃんと話してくださいよ」

「ごめん。実はこのところ変なことが起きているのよ」

「変って？」

　最初にそれが発見されたのは一週間ほど前。二年A組の太田《おおた》都《みやこ》という女子生徒のスクールバッグがなくなった。友だちにも頼んで方々を探したところ、第一教室棟・通称イチキョーの階段の一番上、鍵の閉まっている屋上扉の前で発見された。スクールバッグだけでなく、なぜか傍らに図書館の文庫、東野圭吾作『秘密』が添えられていた。何度も映像化された話題作で、妻子を乗せたスキーバスが崖から転落し、娘だけが助かるが、その体には亡くなったはずの妻の魂が宿っていた、という話だ。

見つかった文庫は図書委員のもとに渡り、駒子が受け取った。調べてみると貸し出し手続きを経ておらず、無断で棚から持ち去られた本だった。

そのときは深く考えず、「ちゃんと借りてよ」と心の中でぼやくくらいだったが、翌日、一年A組の萩原《はぎわら》博之《ひろゆき》のスマホがなくなり、自転車置き場で見つかった。スマホの下に東野圭吾の『放課後』もあったと聞いて眉をひそめた。女子校の教師である主人公が、命を狙われている恐怖に怯えつつ、ほんとうに起きてしまう殺人事件の真相に迫っていく内容で、またしても図書館からの無断持ち出し本だった。

さらに二日おいた一昨日、三年D組の松崎《まつざき》剣斗《けんと》のスニーカーが行方不明になり、来賓用の靴箱に入っていた。雫井脩介作『火の粉』と共に。

「それも貸し出された本じゃなかったんですか」

羽多に尋ねられ、駒子はしかめっ面のままうなずいた。

「話を聞きつけた先生たちから、『何冊もなくなって気付かなかったんですか』と言われたわ。でも蔵書は二万冊以上あるのよ。発見されたのは文庫ばかり。分厚い辞書ならともかく、持ち出すこと自体は残念ながら難しくない」

「ああ。それはわかります。自分の持ち物の間などに挟めば、誰にも見とがめられず図書館の外に出られてしまう。なくなったことを知られる心配もほぼない」

他に借りたい人がいて問い合わせがあった場合には、棚に見つからず、貸し出されてもいなければ紛失したのだと気付ける。それ以外はほとんど発覚しない。

羽多も図書委員の経験があるので察しが付くのだ。

「先生の話を聞く限り、なくなった物と、見つかった場所はまちまちですね。スクールバッグは屋上扉の前、スマホは自転車置き場、あとは……」

「スニーカーが来賓用の靴箱の中。持ち物がなくなった生徒にも共通点がない。学年も性別も出身校も部活もバラバラ。さらに言うと、担任の先生や通っている塾、友だちなどに繋がりもない。みんな、『なんで自分の持ち物がなくなるのか』と首を傾げている」

「なくなった持ち物のそばに、図書館の本が一緒にあるってのが、唯一の共通項ですか」

羽多の手にある文庫、『犯人に告ぐ』を見ながら駒子はうなずく。

三冊目の『火の粉』は、元裁判官の家の隣に、かつて無罪判決を下した男が引っ越してきて、それから次々に不吉な出来事に見舞われるというサスペンスミステリーだ。『犯人に告ぐ』は連続児童殺害事件に挑む刑事を描いた物語。

「おかしいでしょう。生徒の持ち物と図書館の本、どちらも無断で持ち出し、一緒に置いておく。それにどんな意味があるのか。さっぱりわからない。なのにその、羽多くんが持っている四冊目のタイトルを予想して的中させた人がいるの。出入りの書店『ユーカリ書店』の店員さんで、針谷さんというの。不思議な事件が三件続いたところで、ちょうど配達にきたから話を聞いてもらったら、フロアの棚をじっくり見てまわりいくつかの書名をあげたのよ。すでに何者かが持ち去ったとしたら、答えは棚にはない本でしょ。想像して選ぶのは難しかっただろうけど」

「え、それ知りたいです。『犯人に告ぐ』以外にも候補はあったんですよね？　どんな本でした？」

羽多に興奮気味に聞き返され、駒子は彼と出会ったばかりの頃を思い出した。

工業高校時代、図書委員のなり手は乏しく、一クラスひとりの割り当てさえままならなかった。

羽多洋司《ようじ》は陸上部に所属していたものの怪我で休まざるをえなくなり、担任の先生から押しつけられる形でやってきた。本なんて読むやつの気が知れない、暗い、地味、ダサ真面目、つまんねーと、さんざん悪態をついたが、駒子は「はいはい」と聞き流し、陸上競技の話をした。競技者ならではの感覚や葛藤、喜びなどに触れると、先生も走っていたのかと驚かれた。本を読んで知ったのだと言うと、たちまちうんざりした顔になるので、駒子はすかさずコミカライズされた『風が強く吹いている』を渡した。原作は三浦《みうら》しをんの箱根駅伝を扱った名著だ。

羽多はいかにも面倒くさそうに「漫画だからね」と受け取ったが、「走れなくて暇なんだよ」と続きを読み、「まああだね」と読破して、「やっぱ暇だよ」と図書館に顔を出すようになった。

短距離走を題材にした佐藤多佳子《さとうたかこ》作『一瞬の風になれ』は、漫画ではなく小説を読んだ。

「針谷さんがあげたのは、『叫びと祈り』『告白』『噂』『さがしもの』『オーダーメイド殺人クラブ』『犯人に告ぐ』。もう少しあったかしらね」

「そんなになくなっている本があったんですか」

「貸し出し中の本もあったし、もともとここの図書館には置いてない本もあったのよ。その条件に当てはまらず、棚にあるはずなのになかったのが、『オーダーメイド殺人クラブ』と『犯人に告ぐ』」

「ぴったり当たったんだ。すごいなあ。どうやって導き出したんだろう。もしも五冊目の事件が起きたら、その、『殺人クラブ』が置かれたりして」

「面白がらないで」

「すみません。その針谷さん、他に何か言ってましたか」

それはねと言いかけて、遠くから聞こえてくるボールの弾む音やランニングのかけ声に駒子はハッとする。一連の出来事はまだまだ進行中なのだ。関わりのありそうな文庫を、部室の手前に置いたのは誰だろう。近くにいるのだろうか。これまで本と同じ場所で見つかっていた生徒の紛失物が、見当たらないのも気になる。

「ちょっと待って。その文庫が見つかったことを針谷さんに報告するわ。何かあったらすぐ知らせるって約束してるの」

駒子はポケットからスマホを取りだし針谷に電話をかけた。数コール目で繋がる。たった今の出来事を手短に話すと針谷は考え込むように押し黙り、いくつか指示を出した。

「どうですか。針谷さんはなんて言ってましたか」

通話を切ったとたん、羽多は注意されたことなど忘れた勢いで尋ねてくる。抑えようもない好奇心がダダ漏れ状態だ。

「今日は非番なんですって。今からこちらに来てもいいかと言われて了解したところ。針谷さんは本の発見場所が見たいらしい」

「わあ、それなら俺、会えますね。ここで待ってもいいですよね？　時間ならたっぷりあるし、なんたって第一発見者ですよ」

羽多はさらに「事件の関係者だ」とはしゃぐので、駒子は「こらっ」と睨んだ。

「図書館の本が関係しているからこれでも悩んでいるのよ。三冊目が『火の粉』だったでしょ。部室のボヤ騒ぎを連想する人もいて、いっときの無責任な噂話がまた蒸し返されてるの」

「ボヤの原因は漏電なのに？　生徒は原因を知らないんですか」

駒子は視線を問題の部室へと向けた。ほんの一ヶ月前、灰色の煙を立ち上らせ焦げ臭い匂いに包まれていたそこは、すでに新しい壁をまとっていた。屋根も新調されたらしく、こざっぱりしている。

「知ってても、誰かが仕組んだボヤだとか、ほんとうは近くにタバコの燃えかすが落ちていたとか、当時、不審者がうろうろしていたとか、言いたい人はいろいろ言うのよ。でも、工事を請け負った工務店の側からすると、不審な点は特になかったのね？」

「はい。作業も手順通りです。俺が現場に入ったのは消防署の調査が終わった直後で、部室の中には燃えた物や消火剤のかかった物も残っていたんです。まずはそれを外に出して、学校の人に確認してもらった上でトラックに積んで処分しました。そのあと、無事だった荷物をすべて出して、使えそうな物を学校側によけてもらい、残った物はまた処分。部室はサッカー部と陸上部が使ってたんですよね。サッカー部の備品は細々と仕分けられましたが、陸上部の物はガラクタばかりで、ほとんどトラック行きでした。けっこう多くて何往復かしましたよ」

「そういうのも大工さんの仕事のうちなのね」

「いろんな仕事がくっついてくるんですよ。建物から運び出すといっても、柱や梁《はり》の状況を見ながらの作業なので、素人の手出しは危険です」

なるほどと駒子は素直にうなずく。建物の傷み具合は専門家でなくてはわからない。今も立ち入り禁止のテープが貼られているが、前はもっと厳重に張り巡らされていた。警備員が立っている姿もしばしば見かけた。火事の現場をこっそりのぞきたいという好奇心は思わぬ事故を呼びかねないのだ。

「部室の備品が青いビニールシートに置かれていたのはちらりと見たわ。サッカー部の子たちが『俺のジャージが』とか『彼女にもらったタオルが』とか騒いでた」

駒子は火事の片付けが始まった頃を思い出して言う。

「顧問の先生が付き添って見せてましたね。めぼしい物はちゃんと回収できたんじゃないかな。陸上部の生徒は来なかったけど」

「陸上部は新しい部室に引っ越しているの。旧部室にあったのは古い用具や、卒業した部員たちの私物だったと思う」

「たしかに古びていましたね。マットレスもライン引きも踏切台も。『使える物があったらどうぞ』なんて言われたけどないですよ。漫画があったのでそれはちょっとよけました」

　えへへと笑う羽多を見て、なんの漫画だろうと思う。駒子なりの好奇心が頭をもたげたが、それを抑えて別のことを尋ねる。

「生徒が部室に近づいたり、作業中に話しかけられたりはなかった？」

「ないですね。現場の人間に近づくなんて、高校生にはなかなかできないですよ。逆に小学生くらいだと面白がってちょくちょく来る子もいるんですけど」

「羽多くんもそうだったのかな」

　照れたように肩をすぼめる彼を見て、後始末も復旧作業も順調であることを実感する。専門家に任せ、おとなしく出来上がりを待てばいいだけなのに、今はよけいな憂鬱《ゆううつ》の種がばらまかれている。

　駒子は気持ちを引き締めた。

「とりあえず針谷さんから頼まれていることがあるから、私は校内に戻らなきゃ。羽多くんは……」

「ここで針谷さんを待ちますよ。俺、たぶんその人を知っています」

「どうして？」

「駐車場で顔を合わせていると思うんです。『ユーカリ書店』とロゴの入ったライトバンが駐まっていて、出入りしている男性を見かけたことがあるんで。シャープな顔立ちをしていて、ＩＴ企業の敏腕マネージャーみたいだなと思ったら、書店員というのが意外で気になっていました」

敏腕マネージャーかどうかはわからないが、特徴はあっている。

「先生は針谷さんから何を頼まれているんですか」

「今日で四件目になるけど、昨日までに私物の紛失というか、盗難というべきかが三件続いて、校内でちょっとした騒ぎになっている。それ自体を針谷さんはおかしいって言うのよ。たくさんいる生徒の中のたった三人の持ち物が失くなり、見つかったのは広い校内のばらばらの三カ所。しかも、教職員に訴えるまでもなく短時間で持ち主のもとに返っている。本が添えられているという特異な点はあるものの、共通する知り合いがいなければ、共通してる点があることにそうそう気付けない。つまり、ひとつだけ見ればちょっとした出来事で、噂になるまでもなく、立ち消えるのが自然じゃないかと」

「同じことが三件も起こっていると気付くのも、ほんとうは難しいんですね」

「そうなの。けれど現実には、複数の生徒が噂して騒いでいる。不自然だし、早すぎる。それには何か裏があるのではないかと針谷さんは言うの」

羽多は「おお！」と感嘆の声を漏らす。

「あとね、添える本はあらかじめ吟味され、用意されていたのかもしれないと」

「『秘密』『放課後』『火の粉』『犯人に告ぐ』ですね」

「小説の中身を考えると、『放課後』以外、高校生や学校とは関わりが薄い。内容ではなくタイトルそのものに意味があるのではないか。もしそうなら、誰かに何かしらの目的なり意図があり、成し遂げるために計画を練った。そして計画に沿った本を選んで、事に及んだように思えるそうよ」

「針谷さんすごい。実に論理的な思考です」

無邪気に拍手をするポーズを取った羽多は、駒子の非難がましい目線に気付き、「どうぞ行ってください」と恭《うやうや》しく片手を差し伸べた。

*

羽多の取って付けたような見送りを受け、駒子は図書準備室に戻った。

羽多には言わなかったが、針谷は騒ぎを煽った人物像についても語っていた。

紛失物と共に覚えのない本も置かれていれば、紛失物の持ち主は訝しく思い、ラベルを頼りに図書館に持ってくる。もしくは身近な図書館利用者や図書委員に声をかける。それを受け取った司書の駒子や図書委員たちは、二件、三件と続けば気になるものの、これといったトラブルは起きていないので、とりあえず様子を見るのでは。針谷の見立てに、駒子はうなずいた。

じっさい、図書委員たちとは「変だね」「おかしいね」と言葉を交わし、首を傾げるのがせいぜいだった。持ち物がなくなった生徒たちにしても、数時間の内に発見されているので騒ぎ立てたりしない。みんな厄介ごとに巻き込まれたくないのだ。

ところが三つの出来事は「連続紛失物事件」と名付けられ、瞬く間に校内に広まった。噂が噂を呼んでいる。針谷はそれを訝しみ、裏で画策している人間がいるのではと推理した。そして、「いったい誰が」と気色ばむ駒子に、図書委員の中にもおしゃべりな生徒がいるでしょうと。

言われてすぐにひとりの生徒が脳裏に浮かんだ。やたら情報通で話し好きでなれなれしい二年生男子だ。他校の噂話にも精通しているので針谷に話したことがある。

「待ってください。たしかに彼はおしゃべりだし噂話は好きだし人騒がせではあるんですが、よからぬ事を企むとは思えませんし、実行力もないですよ」

駒子の訴えに針谷はこう返した。

「実行力はなくても吹聴力はあるわけでしょう？　それに目を付けた人間が別にいるのではないかと。星川さん、探ってみてください」

そう言われ、さっそくその日の午後、おしゃべりな彼、南場昇一から話を聞いていた。

昇一はトヨ高生たちが面白がって聞いてくれるレアなネタ、連続紛失物事件について誰よりも早く詳しく摑んでいることに、このところ舞い上がっている。駒子が「わざわざ広めなくていいのに」とたしなめたところ、「みんなに受けるよと言うやつがいて、ほんとうにそうなっているだけ」と相好を崩した。

さらに聞いてみると、昇一に太鼓判を押した友だちは、独自に事件の調査もして貴重な情報を教えてくれているそうだ。

駒子はさりげなく友だちの名前を聞き出した。二年C組、服部《はっとり》悠《ゆう》太《た》。名前から顔がすんなり浮かんだ。中肉中背、面長で色白で目が細く唇が薄い。穏やかににっこり笑った顔が印象的で、ときどき図書館を利用している生徒だ。好みのジャンルはミステリー。

針谷からは、昇一を煽っている生徒がわかったら、貸し出し履歴をチェックするように言われていた。調べてみれば、服部悠太はひと月前に『火の粉』を借りている。

他にも針谷には気がついていることがありそうだ。いったいなんだろう。

駒子は体育館裏で羽多と別れ、図書準備室に戻った。おしゃべりな昇一の姿はなかったが、探しに行こうとしていると、廊下の向こうから足音がして昇一が飛び込んできた。

興奮気味に「大変」を連呼するので、静かだった図書館はたちまちざわつく。

「南場くん、ここがどこだかよく知ってるでしょ。騒がないの」

「だって先生、連続紛失物事件の四件目があったんだよ、四件目。今度は『犯人に告ぐ』が置かれてたんだって。すごくない？」

本そのものは今、羽多の手の中にあるのに、書名までよく知っている。駒子は昇一を引っ張って準備室の中に入った。

「また誰かの持ち物がなくなったの？」

「そうそう。二年の女の子だって。友だちと一緒に探して持ち物は見つかったんだけど、そばにまた図書館の本があって、それが『犯人に告ぐ』！」

鎌をかける気持ちで尋ねる。

「その本は今どこにあるの？　南場くんは持ってないよね」

「うん。持ち物が見つかってすぐ、女の子は怒ってどこかに行っちゃったみたいで。本はその子が持っているのかな。たぶんそうだと思う」

心の中でちがうと言い返す。本は羽多が立ち入り禁止のエリアで拾った。

「その女子生徒はなんで怒ったのかな」

「さあ。自分の持ち物が隠されて、頭にきたんじゃね？」

「本を見てないのに、南場くん、書名までよく知ってるね」

「悠太が教えてくれたから。あいつほんと頼りになるわ」

その名前に心がざわめいたが顔に出ないよう気をつける。昇一には騒がないよう注意してから解放したのに、フロアに出たとたん「四件目が起きたぞ」と騒いでいる。駒子よりも厳しく女子生徒たちが叱りつけ、それには昇一もあわてて身を縮める。頼もしい光景を見ながら、駒子は図書館をあとにした。

＊

昇一に情報をもたらしている悠太を探して、駒子は第一教室棟・通称イチキョーに向かった。

二年C組である悠太の教室はその三階にある。すれちがう生徒に顔見知りがいると、服部悠太を知らないかと声をかける。何度も首を振られながら、イチキョーの三階にたどり着いた。

　時計の針は四時半を回っている。部活動以外の子はほぼ帰宅したあとだ。二年C組の教室には雑誌を見比べている女子生徒が数人いるだけだった。悠太の行方を尋ねると、鞄がないので帰ったのではないかと言われる。

　ありがとうと会釈して階段を降り、一階の生徒玄関のまわりを見たが悠太はいない。靴箱の名前を頼りに彼の靴を探していると、さきほどすれちがった生徒が、購買部の近くで見かけたと教えてくれた。

　トヨ高の購買部は広いテラス席が設けられ、放課後でもパン類や飲み物を売っているので、生徒たちの小さなグループがそこかしこにできている。駒子が行ってみると、にぎやかに談笑している六、七人の集まりの中に悠太の姿があった。

　近づくと、「そんなに怒ることないのに」「ほんとに帰っちゃったの？」「ノリわりぃ」という会話が聞こえる。悠太はいつものニコニコ顔で相槌を打っていた。

　生徒のひとりが駒子に気付いたタイミングで、「服部くん」と声をかけた。

「ちょっといいかな。聞かせてもらいたいことがあって」

　悠太は駒子が誰なのかすぐわかったらしく、もたれかかっていた机から身を起こして言った。

「もしかして南場から聞きました？」

「そうなの。また事件が起きたみたいね。少し、時間をもらえる？」

「いいですよ。もう帰るところだったし」

ニコニコ顔のままうなずき、鞄を手にして「じゃあな」と輪から離れた。

購買部から図書館に向かう道すがら、渡り廊下の柱の陰で駒子は足を止めた。棟と棟の間に設けられた中庭には人影がなかったので、上履きでも歩けるテラコッタの地面に出た。悠太もひょうひょうとついてくる。

「連続紛失物事件の四件目があって、今度は『犯人に告ぐ』の文庫が添えられていたそうね。南場くんからある程度は聞いたんだけど、もうちょっと詳しいことが知りたくて。今までのように生徒の紛失物も一緒に見つかったのかな。もしそうなら、具体的に誰のどういう持ち物だったのか。服部くん、知ってる？」

「二年Ｄ組の、森下《もりした》千鶴《ちづる》って子のサブバッグです。弁当箱とかが入っていたみたいで」

「どこで見つかったの？」

「体育館の二階通路です。バスケ部の子が見つけて、名前があったから知り合いを探して連絡を入れたそうです。本人はすぐ取りに来て自分のものだと」

「森下さんっていうのね。その生徒、とっても怒っていたと南場くんから聞いたわ」

「そうなんですよ。サブバッグと一緒に渡された本を見るなり、『なにこれ』『ふざけるな』とひとりで切れまくったみたいです。いきなりのことでみんな呆然。最初、バスケ部の子にはお礼を言っていたそうなので、怒った原因は本そのものにあるんですね。しかも、どういう本なのか友だちが見ようとしたら嫌がって、窓から投げ捨てたんです」

「窓から？　南場くんは本は本人が持っているようなことを言ってたけど」

「ぼくもあとから聞いたんで、南場には話してないかも」

「だったら本は今……」

「体育館裏に落ちていると思います。あそこは今、立ち入り禁止でしょう？　先生なら入れるんじゃないですか。探してみてください」

　羽多が本を拾ったのは体育館裏の茂みだ。二階通路にある腰高の窓から投げれば、あそこまで届くのかもしれない。

「ということは、今度こそ生徒の持ち物を隠したのが誰なのか、わかるかもしれないわね」

　駒子の言葉に悠太は「え？」と聞き返す。

「そんなのわかるんですか」

「これまでの発見場所ならば、人目のないときを見計らい、そっと置いてくることは難しくないと思うの。屋上扉の前や自転車置き場、来賓用の靴箱だもの。でも今回は体育館。関係ない人は入りにくい。入れば誰かの目にとまりやすい。二階ならばさらに用事がある生徒しか上がらない。紛失物を見つけた子も、何か目的があって二階通路にいたんじゃないかな」

「バスケ部のマネージャーが、新しいフォーメーションの動画を撮りに上がったみたいで」

　駒子はドヤ顔で「ほらね」と言ってしまう。

「舞台袖から延びている階段は、腰をかがめても全身は隠れない。誰かが見ている可能性は十分、考えられるわ」

「部活の始まっている時間ならばそうかもしれません。でも持ち主がサブバッグを最後に見たのは昼休みなので、いつなくなって、いつ体育館の二階に置かれたのかははっきりしませんよ」

午後の時間、体育館が常に使われていたかどうか、調べてみなくてはわからない。誰もいない一瞬の隙が突けたからこそ、置き場所に選ばれたとも考えられる。

「そうか」

「先生がこれから目撃者探しを始めるなら、ぼくも手伝いますよ」

今度は力なく「ありがとう」と礼を言う。

「服部くんは今回の連続紛失物事件にずいぶん関心があるのね」

「だってすごいじゃないですか。生徒の持ち物が隠され、発見現場には本が一冊置かれている。まるでアガサ・クリスティの『ＡＢＣ殺人事件』です」

そんな見方もあるのかと驚かされる。

「クリスティの小説ならＡの頭文字の人が、Ａで始まる場所で殺されるのよね。遺体のそばには列車の時刻表の本が置かれている。そしてＢの頭文字の人が、Ｂで始まる場所で殺され、Ａと同じ時刻表が遺体のそばにある。さらにＣの頭文字の人が、Ｃで始まる場所で……と続いていく。スケールもディテールもちがうと思うけど」

「ちょっとは似てますよ」

「まあね、事件に遭う人たちの共通点は見つからず、現場に本が添えてあるというところは」

「あの世界的名作に、ちょっとだけでも似ていたらすごいですよ。『ＡＢＣ殺人事件』のように時刻表ではないけど、学校図書館の蔵書という共通点のある本が置かれてるわけですし」

「それが司書である私の頭痛の種なんだけど。殺人事件はもちろん傷害事件も似てなくてよかったわ」

　駒子の言葉に物わかりよくうなずく悠太だが、いつものニコニコ顔より数段、いきいきとした表情になっている。初めて見る顔と言っていいのかもしれない。

「君は今日の四件目の事件をどこで知ったの？」

「放課後になってすぐ、となりのクラスから『また物がなくなった』と聞こえてきて興奮しました。好奇心が刺激されたっていうのかな。じっとしていられず失せ物探しにぼくも参加して、自転車置き場から武道場の方にかけて植え込みのあたりをきょろきょろしてたら、誰かの『あった』という声がしたんです。体育館に駆けつけたときには、サブバッグの持ち主が出入り口から出てくるところでした。おっかない顔をしてましたよ。見つかって良かったねと話しかけてくる人を振り切るようにして、校舎に戻っていきました」

「おかしなことに巻き込まれて、森下さんは不愉快だったのかしらね」

「だからっていきなり怒ることないのに。ぼくのまわりでも『何あれ』というあきれ声があがりました」

　非難がましく言われ、被害に遭った森下千鶴のことも心配だが、駒子は悠太の扱いに苦慮していた。

生徒の持ち物が隠される事件が二件、三件と続き、単なるいたずらなのか、意味のある出来事なのか、話を聞きつけた教職員の間でも判断はつかずにいる。慎重に見守るしかない段階なのに、生徒たちは連続紛失物事件と称して騒いでいる。広まったきっかけはおしゃべりな図書委員が騒ぎ立てたから。それを煽った別の生徒がいるのでは。針谷の推理を聞き、さっそくおしゃべりな図書委員に探りを入れたところ、ほんとうに煽った生徒がいた。

駒子はその生徒の真意を測りかね、紛失物騒動に関わっているのではと疑った。彼には隠している秘密があり、良からぬことを企んでいるのではと。

けれど今、目の前にいる悠太は珍しいことが起きてわくわくしている子どものようだ。自分の知っているミステリー作品に結びつけ、はしゃいでいるだけのように見える。ついさっきまで一緒にいた羽多と変わらない。

だったら生徒の持ち物を隠している人間は、他にいるのだろうか。

「先生、どうかしましたか？」

悠太に話しかけられ駒子は我に返る。

「うん。なんでもない。ないけど、君、もう少し付き合ってもらえるかな」

「いいですけど？」

「会わせたい人がいるの。というか、向こうが会いたがっているのよ。今ごろもう、来てると思うわ」

悠太を連れて渡り廊下を歩き、テニスコートに続く通路にさしかかる。立ち入り禁止のテープの向こうに人影が見えた。

羽多と針谷だ。すっかり打ち解けた雰囲気で、リフォーム中の部室の前で談笑している。

謎に搦《から》め捕られ身動きの取れない自分に比べ、ふたりとも余裕さえ感じられるくつろぎようだ。ぜひともその伸びやかさで「連続紛失物事件」をスパッと解決してほしい。

肩に力を入れて駒子はコーンをよける。

「服部くんも入って。あそこにいるひとりが、君に会いたがっているの」

話し声が聞こえたのか、ふたりがこちらを向いた。

駒子が密かに敏腕刑事そのものと思っている針谷は、研ぎ澄まされた眼差しを悠太に向ける。

クールな微笑が針谷の口元にゆっくり浮かぶ。

彼はどんな言葉で、初対面の生徒の胸の内に迫るのだろうか。

*

戸惑いながらも駒子のあとをついてきた悠太は、針谷と羽多の前まで来るとぺこりと頭を下げた。この人たちは誰なのですかと問うような視線を駒子に向ける。

「ひとりはトヨ高の図書館に、本を配達してくれるユーカリ書店の針谷さん。もうひとりは、私が工業高校で司書をしていた頃、図書委員をしてくれた羽多くん。今は大工さんとしてサッカー部の部室を直してるんだって。私もさっき知って驚いたとこ」

「大工さんが図書委員？」

聞き返す悠太に、羽多は「五年前までは高校生だったんだよ」と笑いかける。

駒子は「それでね」と話を進めようとしたが、羽多の片手が背中にまわっていることに気付いてためらう。拾った文庫を隠しているらしい。伏せる意図があるなら、話の持って行き方は彼らに任せた方がいいのだろうか。

そんな思いで針谷を見ると、すかさず口火を切ってくれた。

「わざわざここまで来てくれてありがとう。星川先生が今言ったように、ぼくは出入りの書店員なんだ。ここのところ校内で起きている連続紛失物事件に本が関わっていると聞き、とても気になってね。情報に精通している生徒と直接会って話がしてみたかった。君の名前、聞いてもいいかな」

「二年C組の服部悠太です」

「服部くんか。よろしく。星川先生はここで羽多くんと話をしたあと、服部くんに会いに行ったんですか」

「いいえ、その前に図書館に戻ったら、南場くんが大騒ぎで駆け込んできたんです。四件目の紛失物事件があって、今度は『犯人に告ぐ』が添えられていたと。私物がなくなったのは二年生の女の子で、南場くんからは名前を聞いていません。問題の本も、その女の子が持ち去ったように話していました」

針谷は感心したように言う。

「スクープの第一報って感じですね。南場くんのその情報源が……」

「服部くんよね？　悠太が教えてくれたと南場くんも言ってたし」

悠太は「はい」と首を縦に振る。

「だったら、本のタイトルを南場くんに伝えたのも君？」

針谷に念を押され、悠太はもう一度うなずいた。

「そのタイトル、君は誰に聞いたのかな？」

「誰とは？」

「なくなった物に添えられていた文庫の情報を、誰から得たのかと思って。それとも本が落ちていた現場を直接見たのかな」

「紛失物の持ち主は森下さんって言います。その森下さんが体育館の窓から本を投げ捨ててしまったので、ぼくは見てません。ただタイトルだけは、みんなが噂をしていて聞こえたので」

「みんなって、具体的に誰だろう」

悠太は針谷をチラリと見て、不思議そうに首を傾げた。

「そう言われても。体育館の靴箱付近には人が集まり、すごくざわついていました。サブバッグが見つかったとか、本は放り投げられたとか、いろんな話が飛び交って、その中に『犯人に告ぐ』という書名も聞こえたんです」

「具体的に知りたいんだけどな。タイトルを口にしていた人物について」

「現場は複数の人間が見ているので、タイトルもいろんな人が知っていますよ」

　針谷はまっすぐ悠太を見ながら首を横に振った。

「不特定多数の人間は、見てないんだ」

　どういうことだろう。悠太も駒子も、羽多までも眉をひそめる。

「体育館の二階通路で、紛失物と文庫を見つけたのはバスケ部の女子マネージャーのふたりだ。彼女たちがサブバッグについている名前を見たところ、バスケ部員のクラスメイトだとわかり、二階通路から下に向かって声をかけた。持ち主のＬＩＮＥを知っている部員に連絡を任せ、女子マネージャーふたりは上から動画を撮るという本来の目的にとりかかった。それからほんの数分後、連絡を受けた生徒、森下さんだね、その人が現れたので、サブバッグと添えられていた本を手渡した。この間、誰も二階にはあがっていないそうだ。だから本を見た人間は限られている」

「そのふたりは見たんじゃないですか。森下さんだって、友だちと一緒に体育館に現れたはずです。その子たちもいますよね」

　針谷は再び首を横に振る。

「バスケ部のマネージャーのふたりは、添えられた本を見ているけれど、タイトルは見てない。目に入っても、意識してない。とても残念なことに、どんな本か興味がなかったそうだ。本であること、図書館のラベルが貼ってあること、それしか記憶にない。本人たちに聞いたからまちがいないよ」

本人？　どういうこと？　針谷には尋ねられず、羽多に視線を向けると、彼は空いている手で体育館の二階を指し、説明してくれた。

「星川先生が図書館にもどったすぐあと、針谷さんがここに来ました。ふたりで話をしていたら、体育館の二階からも話し声がして。見上げるとジャージ姿の女の子たちがいました。どうかしたのかと声をかけたら、本が落ちていませんでしたかと聞かれました。俺が拾った文庫を見せると、それそれと。針谷さんが話を聞かせてほしいと手招きすると、彼女たちはあっという間にここまで来てくれて、いきさつを話してくれました。ただ、本の題名は知らないと屈託なく言うんですよ。『字は書いてあった』くらいの認識です。森下さんがいきなり窓から投げちゃうから驚いた、あったならよかったと、彼女たちは朗らかに帰って行きました」

　羽多は背中にまわしていた腕を前に出す。骨太の指が『犯人に告ぐ』の文庫版を摑んでいた。

　針谷があとを続ける。

「羽多くんがここの茂みで本を見つけたとき、表紙は下を向いていた。どんなに視力のいい人でもタイトルはわからない。そしてここは立ち入り禁止エリア。ひっくり返してたしかめた人はいない」

「でも森下さんは友だちと一緒に二階にあがったんですよ。その子たちはタイトルを見ているでしょう？」

　悠太の反論に、駒子は「待って」と横入りした。

「さっき服部くん、言ったよね。サブバッグの持ち主は本のタイトルを見るなり、『なにこれ』『ふざけるな』と切れまくって、友だちがどういう本なのか見ようとしたら嫌がって窓から投げ捨てたと」

悠太は顔色をなくして立ち尽くす。

ほんのわずかの沈黙のあと、針谷が口を開いた。

「紛失物に添えられた本が『犯人に告ぐ』であることを知っているのは、腹を立てて窓から投げ捨てた子と、現場にそれを置いた謎の人物だけなんじゃないかな。もう一度聞く。服部くん、君はどうやってタイトルを知り得たんだろう」

悠太の手にしたスクールバッグが忙《せわ》しなく動き、肩も上下して荒い呼吸を繰り返す。何かに迷っているように視線がふらふらと宙をさまよい、やがて伏せられる。

「ぼくは人だかりの中で書名を聞いただけです。どこの誰が言っていたのかは知らない。まるでぼくが犯人みたいなことを言わないでください」

針谷は「そうだね」とすんなり応じた。

「不確かな事柄で人を疑ったり、試そうとしたりするのはよくない。犯人呼ばわりもレッテル貼りもよくない。傲慢で、恥ずべき行いだよ。申し訳なかった。この通り謝るので、あとひとつだけ質問をさせてほしい。今回の騒動、仕掛け人はクリスティの『ＡＢＣ殺人事件』をなぞっているように見えるんだ。となると、あの名作の犯人に真の目的があったように、今回の件にも隠された目的があるんじゃないだろうか。そのあたり、君はどう推理している？」

悠太は唇を嚙み、喉をごくりと上下させた。

針谷はさらに言葉をかける。

「事件についていろいろ調べていたと聞いたよ。君の推理を聞かせてほしいんだ」

「ぼくは推理なんかしないです。できないです。でも」

「でも？」

「調べた中で三人、いや、四人に共通点があることには気付きました」

「ほう。いいね。なんだろう」

「ひとりめの女子はサッカー部の副キャプテンと付き合っていたんです。二股をかけられたそうで、別れた今も絶対に痛い目に遭わせてやると怒っています。ふたりめの男子は夏前までサッカー部にいた一年生で、先輩からパワハラを受けたとすごく悔しがっています。三人めの三年生は喫煙の常習犯で、サッカー部の部室脇に隠れて吸っていたそうです。それをチクったのはサッカー部のやつだと腹を立ててたそうで。四人めの森下さんは一ヶ月くらい前から、サッカー部の部室まわりをうろついているところを目撃されています。ふたごの兄がサッカー部にいるんですけど、最近すごく腹を立てることがあったらしい。絶対仕返しをしてやると、友だちに言っていたそうです」

みごとにサッカー部との繋がりがある、らしい。しかも全員サッカー部員に恨みを持っているようだ。

「すごいね。まだ誰も気付いてないんじゃないか？　星川先生は？」

針谷に聞かれて駒子は首を横に振る。

「気付いている人はいたとしても少なそうだ。今の話からすると、一ヶ月前に起きたサッカー部の部室のボヤ騒ぎと連続紛失物事件との間には、何かしらの関係があるのかもしれないね。紛失物に添えられた本の中には『火の粉』だってあったのだから。学校はボヤの原因を漏電だと言っている。けれど真相は別にあるんじゃないかと疑っている人がいる。そのあたり、服部くんはどう考えている？」

「さあ。ぼくには誰が連続紛失物事件を起こしているのか、見当もつきません。ただ、サッカー部の部員に恨みを持っている人ばかりが狙われているとしたら、私物を隠すことで揺さぶりをかけているのかな、とは思います」

「揺さぶり？」

針谷に聞き返され、悠太は真剣な顔でうなずいた。

「紛失した自分の持ち物が見つかったときに『秘密』や『火の粉』といったタイトルの本がそばに落ちていたとしても、ふつうは怪訝に思うだけですよね。自分に宛てられた言葉とは思わない。でも後ろ暗いところのある人はぎくりとする。あとあと不審な行動を取るようになるんじゃないかと思うんです」

「なるほど。犯人候補の反応を見るための、リトマス試験紙みたいなものか」

「もしもそうなら、今日の森下さんの反応はけっこうやばいです」

「いきなり本を投げ捨てたんだったね」

悠太はため息をつき、独り言のように口にする。

「なんであんなことしたんだろ。本のタイトルが『犯人に告ぐ』だからって、身に疚《やま》しいところがなければ堂々としてればいいのに。おかしいですよ」

「念のために聞くけれど、これまでの三人は紛失物事件の後で不審な行動を取ってはいないのかな」

「はい。ぼくが見た限り、けろりとしています」

「四人目の森下さんは、サッカー部の部員であるお兄さんに腹を立ててたようだね」

「友だちに仕返しをほのめかし、部室のまわりをうろうろしていたことがあったそうです。目撃情報はいくつもあります。実はそれだけじゃないんです。ボヤのあった当日も近くにいたみたいで。森下さんの姿を見かけて、しばらくしてから煙が上がり、あの騒動が起きたんです」

悠太から思いもよらない言葉が飛び出し、駒子は目を剝いた。聞き捨てならない新証言ではないか。あの日嗅いだ煙の匂いが蘇るようで焦ったが、駒子があたふたする前に針谷が悠太に尋ねた。

「その話は誰かに聞いたの？　それとも服部くん自身が見たのかな」

「ぼくじゃないです。でも、誰から聞いたのかは言えません。そういう約束なので」

「極秘情報なんだね。となると、君はボヤ騒動の直後から森下さんが怪しいと睨んでいたわけか」

「気にはなっていました。森下さんがさらに誰かしら不審者を見ていた可能性もありますし。もしそうなら、ボヤ騒動の直前、部室のまわりで何があったのかを彼女に聞くこともできるでしょう?」

針谷は「一理あるね」とうなずく。

「よくわかった。せっかく君から貴重な情報を聞かせてもらったんだ。ぼくは森下さんがなぜサッカー部の部室のまわりをうろうろしていたのか。それを解き明かそうと思う」

悠太も駒子も羽多も啞然とする。そんなことができるのだろうか。いったいどうやって?

二の句が継げない三人の前で、針谷は吊り目がちの双眸《そうぼう》を緩め、とても穏やかに微笑んだ。

*

悠太が体育館裏から立ち去りその姿がすっかり見えなくなると、駒子は針谷を強引に追い立て、リフォーム中の部室の前まで移動した。羽多がさらに建物の脇へと手招きするのでそこに収まる。

「今のなんですか。針谷さん、あんな大風呂敷を広げて大丈夫なんですか」

「見当はついてるんですか。四人目の女子生徒と、面識があるんですか」

ふたりに詰め寄られ、針谷は身を縮めた。

「いやその、あの場で一番ふさわしいことを、ついね」

「針谷さん!」

両手を胸の高さにあげ、針谷は「降参」のポーズを取る。

「ぼくは星川さんの電話を受けて、四件目の紛失物事件を知ったばかりで」

「でも、南場くんを煽った生徒に会わせてほしいと、電話口で言いましたよね？　バスケ部のマネージャーたちから話を聞けたのも、まさか計算の内なんてことは」

「それはないです。たまたまです」

「だったら服部くんに会って、他に何を言うつもりだったんですか」

　針谷は広げていた手のひらを軽く握り、自分の顎に当てた。少し首を傾げる。

「紛失物に添えられていた本は『秘密』『放課後』ときて『火の粉』、そして『犯人に告ぐ』。今の状況が仕掛け人の計画通りだとしたらさぞかし気持ちいいでしょう。会心の笑みが見えるようです。そういうとき、人は得てして凡ミスをしがちです。彼と直《じか》に会って話ができれば、綻《ほころ》びを探れるかと思ったんですよね。その前に、バスケ部のマネージャーから耳寄りな情報を得られたわけですが」

　マネージャーの件がなくても、針谷は悠太の言動から矛盾を嗅ぎ当てるつもりだった。ずいぶんな自信だが、これまでの名探偵ぶりからすると可能なのかもしれないと駒子は思う。

「ということは、森下さんの件についても、針谷さんなりの『読み』がちゃんとあるんですね？」

「いや、そちらはまだなんとも。森下さんがどういう人なのか、知り得ていることは少ないですし」

　駒子の眼差しが険しくなったことに気付き、針谷はなだめるように言う。

「今、肝心なのは服部くんの暴走を止めることですよ。彼の中で、ボヤ騒動の最重要人物として森下さんへの疑いは淡い灰色から濃い灰色へと変わりつつある。不確かな憶測でさらに相手を傷つけてしまう前に、早急に手を打つべきです」

「どのような手を」

「まずは羽多くんに協力をお願いしたい。星川さんにも今すぐしてほしいことがあります」

思いがけないことを言われ、羽多も駒子も聞き返す。

「俺が？　まじっすか」

「私にですか？　今すぐって？」

針谷から内容を説明され、羽多は吹き出した汗を拭い、駒子は踵を返した。

*

翌日は朝から準備室の窓を気にしていると、昼休みの中頃、羽多が現れた。駒子は小走りで駆け寄り窓を開けた。羽多の「先生！」と呼びかける声と明るい表情に心が躍る。

「たった今、四件目の女子生徒が工事現場に来ました」

前日からずっと待っていた言葉だ。

「でもって体育館の窓から本を放り投げたことを、すごく気にしていましたよ。俺がぜんぜん大丈夫と文庫を見せたら、目を潤ませるくらいに喜んで。いやー、よかったすぎて胸熱ですよ」

　駒子も全身で息をついた。

「よかった。天使がラッパを吹いている気分よ」

　外の空気が流れ込み、気持ちいい。昼休みでざわついている校内の物音さえ優しく聞こえる。

　針谷は窓から本を放り投げた女子高生の気持ちをいくつか推理していた。その中のひとつに、「よっぽど口惜しかったのではないか」という推理があった。自分の持ち物が隠されたのも不快だろうが、発見されて手元に戻ればまずはホッとする。それから腹を立てるのが順番だろうが、彼女はなくなったサブバッグと一緒に置かれた文庫を見るなり「なにこれ」と憤った。怒りを近くにいた友だちに訴えることなく。

　彼女の神経を一瞬にして逆撫でしたのがその文庫ならば、中身ではなく、タイトルそのものに反応したのではないかと針谷は推理した。『犯人に告ぐ』の「犯人」は作中の犯人を指しているのだけれども、彼女はその「犯人」という言葉を自分に突きつけられたように感じたのではないかと。

　だからカッとして、とっさに行動した。もしそうなら、時間が経って冷静になったとき、多少なりとも本を投げ捨てたことを気に病むのではないかと針谷は考えた。なんといっても私物ではなく、学校図書館の本だ。

　本の在処《ありか》を知っているのはバスケ部のマネージャーたちなので、まずは駒子に彼女たちの口止めを頼んだ。

駒子はただちに体育館に向かい、用具の後片付けをしている彼女たちを見つけ出した。羽多が拾った件はまだ誰にも話していないそうだ。ホッとする一方、しばらく黙っているよう頼むと、なんでですかと怪訝な顔をされた。放り投げた生徒に本をきちんと探してほしいのだと、いささか苦しい言い訳をしてなんとか了解を取り付けた。

針谷は次に羽多の協力を仰いだ。四件目の彼女、森下千鶴が投げ捨てた本を心配して探しに工事現場に来たら、自分が見つけたことを伝え、できれば彼女がサッカー部の部室のまわりをうろうろしていた理由を聞き出してほしい。

「もうひとつの件はどうだった？」

「俺にはやっぱ難易度が高すぎました。針谷さん、『もし聞き出せなければ、本を彼女に渡し、司書の先生に届けるよう勧めてほしい』と言ってたんです。それはクリアしたのであとは星川先生に託します」

「えーっ」

聞き出せるだろうか。話をどう持っていけばいいのだろう。針谷が悠太に森下さんの謎を解き明かすと宣言しているので、是が非でも真相を探らなくてはならない。しかし、そもそも針谷がかっこいいことを言い放ったからであって、指示だけ出してあとは丸投げとはいかがなものか。いや、生徒の問題なので一番の当事者は学校関係者だ。自分はなんとかする余地をもらったと考え、善処に努めるべきだろうか。

そんなことを駒子が考えていると、開け放たれた窓に悲鳴が届いた。野太い怒声もまじる。

「喧嘩だ」との叫び声も。

　羽多は表情を引き締め、窓から離れて声のする方に向かった。駒子も準備室のドアを開けて外に出る。中庭が騒がしい。通路を抜けていくと言い争う男子生徒たちが目に飛び込んだ。片方は悠太だ。もう片方の生徒に、どやしつけられている。

「あることないこと言いふらしやがって。おまえがみんなを焚《た》きつけてんだろ。部室の火事に犯人がいる？　どんな証拠があるんだよ。あるなら今すぐ言ってみろ」

「状況証拠って言葉、知らないだろ。そういうのを組み合わせて推理して」

「はっ。えらそうな。おまえの妄想じゃねえか。頭ん中でこねくりまわしたでたらめだ」

「なんだと」

「チヅのことを犯人呼ばわりしただろ」

「怪しいことをしたら怪しまれてもしょうがない」

　丁々発止《ちょうちょうはっし》のやりとりに加え、相手に摑みかかろうとどちらも渾身の力を入れている。悠太を押さえている生徒には余裕が感じられるけれど、もうひとりは体格も良く、ふたりがかりでも振りほどかれそうだ。その、もうひとりの口から「チヅ」という言葉が聞こえてきて、駒子は森下千鶴を思い出す。ふたごの兄、森下真琴《まこと》だ。

「あいつはサッカー部の部室に探し物があっただけだ。俺があいつの持ち物を勝手に友だちに貸して、部室にほったらかしにしたから」

「そんなの、おまえに直接返せって言えばいいだろ」

「言ったよ。言われたよ。でも、うるせえな、わかったよって、適当にかわした。そのうち持ち帰ればいいいと思ったんだよ」

真琴の顔が苦いものでも舐めたようにくしゃりと歪む。

「そしたら火事だもんな。燃えてなくなった。だから、ボヤを起こしたのがあいつでないことはまちがいない。火事に一番驚いたのも、ショックを受けたのもあいつだ」

「知らないよ。そっちこそでたらめ……」

悠太が言い終わる前に、真琴は自分を押さえている生徒の手を振り切り、握りしめた拳と共に、悠太に飛びかかろうとした。その両者の間に、羽多が割り込んだ。上半身をひねり、突進する真琴を受け止める。体と体のぶつかる激しい音がした。

羽多はよろめくも足を踏ん張り、もがく真琴をねじ伏せる。体格だけならば真琴も負けていない。けれど腕、腰、足、力の入れ加減は羽多の方が数段、勝っていた。

駒子ともうひとり、女性の教師が駆けつけていたが、男子生徒の本気の喧嘩に圧倒され棒立ちになっていた。羽多がいなければ決定的な暴力沙汰が起きていただろう。

気を取り直した女性教師が「みんな落ち着いて」「ふたりとも離れて」と声をあげると、真琴は再びもがきながら叫ぶ。

「服部、いい加減な言いふらしの、責任くらい取れ！　おまえは関係ない人間を痛めつけるのが面白いのか」

悠太はすっかり気勢をそがれていた。自分を押さえていた生徒にすがるようにして立っている。言い返す気力もないらしい。

そこに「やめてよ」と女の子の声が割り込んだ。千鶴だ。

「もういいよ。こんなのやめて。この人を殴って謝らせてもなんにもならないよ」

その言葉が届いたらしく、真琴の体からも力が抜ける。新たに駆けつけた教師たちが事態の収拾に入り、集まっていた生徒たちに対し教室に戻るよう言ってまわる。騒ぎを起こしていた張本人のふたりには、顔見知りらしい教師がそれぞれついた。みっちり事情聴取が行われるのだろう。

羽多はようやく力を抜いて真琴の腕を放した。そのときこう言った。

「おまえ、妹にちゃんと謝ったのか」

真琴の首は縦に振られず、神妙な面持ちを妹に向けた。

「チヅ、ごめん。そんなに大事なものだって知らなくて」

妹は目を瞬き、堅く唇を結んでいた。教師に伴われ校舎に入っていく真琴の後ろ姿を見つめていた。その手には一冊の文庫がある。

羽多は女性教師から「あなたは？」と尋ねられ、「そこで作業している大工です」と答える。丁寧な感謝の言葉をかけられ、すっかり照れた様子で駒子のもとに戻ってきた。

「俺まで生徒指導室に連れて行かれるのかと焦っちゃいましたよ」

「そんなわけないでしょ。ほんとうにありがとう。とっても助かった」

駒子は笑顔を向けてから千鶴に歩み寄る。

「その本、受け取ろうか」

話しかけると千鶴は不安げに身をすくめた。駒子の傍らに立つ羽多を気にする。前の前の赴任先である高校で、図書委員をしていた顔見知りだと紹介した。

「さっきは大工としか言わなかったけど、俺、五年前は工業高校の建築科にいたんだ。図書委員を押しつけられて図書館に行ったら、星川先生が司書として貸し出しカウンターにいた」

「つい昨日、久しぶりに再会したの。図書館まで挨拶に来てくれたのも嬉しかったんだけど、体育館裏の立ち入り禁止エリアに文庫が落ちていた話も聞かせてくれて。その本よね？」

駒子が指さすと千鶴は自分の手に視線を落としてうなずく。おずおずと差し出され、駒子は受け取る。

「もしよかったら、あなたが探していたものを教えてくれる？　サッカー部の部室にあったのね？　さっきお兄さんが言ってた」

「はい。でも」

「こっちの羽多くん、ボヤ騒動直後の部室に入っているの。何か知っているかもしれない」

千鶴は顔をあげ、羽多をちらりと見てから首を横に振った。

「私がすごく騒いだので、マコトも探してはくれたんです。火事のあと部室から出された荷物がビニールシートに並んでいたので、近くでちゃんと隅から隅まで見たって。でもどんなに探してもなかった。先生に聞いたら、燃えたり消火剤をかぶったりした物はもう処分されてて、無事な物だけが並んでいるって」

「そうか」

駒子は慰める気持ちでそっと相槌を打ちつつ、ほのかな違和感も持った。火元である扇風機は出入り口近くにあった。だから立ちのぼった煙に多くの人がいち早く気づき、消火器を使って初期消火が叶った。火元が奥まった場所だったなら被害はもっと大きかっただろう。

つまり燃えたものも消火剤をかぶったものも少ない。よりによってそのわずかな被害に、千鶴の大切なものは遭ってしまったのだろうか。真琴は出入り口近くに、家から持ち出したものを放置したのだろうか。

「念のため、聞かせてくれないかな。あなたの大切なものってなんだったの？」

彼女は逡巡したあと、小さな声で言った。

「少年漫画です」

「漫画？」

駒子が聞き返すと、さらに声は小さくなる。

「第一期、十二巻で連載が止まっているんですけど、その十二巻全部をマコトが友だちに勝手に貸して」

「なんていうタイトル？」

「『ランナーズ・ラン』という陸上漫画です」

駒子は羽多を見た。彼は口をぽかんと開けている。

ボヤ騒動の少し前、サッカー部は顧問に言われて部室の片付けをしたらしい。部員がいっぺんに入っては身動きできないので、手分けをしながらわいわいがやがや始めたのだろう。そのとき、真琴の知らないところで漫画の入った袋を見つけた生徒がいて、「これ誰の？」「知らねえ」「なんの漫画？」などというやりとりがあったのではないか。

千鶴に聞いてみると、『ランナーズ・ラン』の連載はたびたび止まり、一巻が発売されたのは六年前だそうだ。一巻目が上に置かれていれば、紙も劣化していて古い漫画だと思われたのかもしれない。表紙に描かれている主人公は短距離走者なので、タイトルと合わせれば陸上漫画であることは察しやすい。

サッカー部の誰かが、全員に聞いてまわることなく、陸上部の物だと思い込んでとなりの部室に移動させたとしたら。

羽多は陸上部の荷物の中から漫画を見つけたそうだ。

ボヤのあと真琴が確認したのは、シートに運び出されたサッカー部の荷物だけだったのかもしれない。となりにあった陸上部の荷物までは見なかった。

「森下さん、あなたの探し物は、ひょっとしたら無事かもしれない」

「え？」

「誰かがとなりの陸上部の部室に置いてしまったかもしれないの」

「でも、そこも片付けられていますよね」

それを聞いて羽多が勢い込んで言う。

「不要品を処分するときに、俺、漫画が好きだからよけたんだ。だから『ランナーズ・ラン』、俺のアパートにある。まだ途中までしか読んでないけど、十二巻ちゃんとそろってる」

千鶴は虚を衝《つ》かれた顔になり、両手を口元にあてがった。信じられないものを見るように、見開かれた双眸を潤ませる。

思わず駒子は尋ねる。

「森下さん、そんなにも特別な漫画なの？」

「十二巻目に、作者のサインが入ってるんです。抽選に当たってサイン会に参加できて、自分の名前と直筆イラストも描いてもらって、私の一番の宝物なんです」

なるほどと腑に落ちる。唯一無二の品なのだ。駒子自身、大好きな作家のサイン会に参加して、言葉を交わしつつ目の前でサインを入れてもらった本は、思い出も含めてこの世でたったひとつきりの大切な品だ。

駒子がうなずいていると、昼休みの終了を知らせる予鈴が鳴り響いた。

「わあ大変、授業が始まる。話はまたあとで。今は授業をしっかり受けてね。あなたの大事な漫画は羽多くんが学校に持ってきてくれる。羽多くんもこれから仕事でしょ」

「ですです」

仕事場の方角を振り返る羽多。千鶴もこぼれ落ちる涙を拭う。

いってらっしゃい。気持ちを切り替え、午後もしっかり実りのある時間を過ごしてね。

*

その三日後、針谷が配達にやってきた。二時間目の授業中。図書館には自習の生徒がまばらに着席していた。

針谷は悠太に、森下さんがサッカー部の部室周辺をうろうろしていた理由を解き明かすと言っていたが、わざわざ話す必要はなくなった。彼女の大事な漫画を、ふたごの兄が友だちに無断で貸したあげく部室に放置し、ボヤ騒動で行方不明になっていたことを、彼女がまわりの人に話したので秘密でもなんでもなくなっていた。

彼女がサブバッグの紛失に気付いたとき、すでに連続紛失事件とボヤ騒動は関係があるのではと噂になっていた。自分は漫画を探したくて、サッカー部の部室をのぞいたことがある。誰かに見られて、誤解されたら嫌だな。一抹《いちまつ》の不安にかられていたところ、体育館の二階で発見されたサブバッグに添えられている文庫を見て、強い感情が渦巻いた。『犯人に告ぐ』とは何事だ。自分はボヤの被害者なのに、犯人扱いなんて許せない。口惜しい。馬鹿にするな。

「そういったことも森下さんは正直に、友だちに打ち明けたようです。少年漫画の話はこれまでもしていたけれど、森下さんが本気で夢中になっているのは、作品というより作者本人みたいです。だから恥ずかしくて言えなかったけれど、友だちからぜんぜん恥ずかしくないよと力説されたそうで、表情が見違えるほど明るくなっていました。ほんとうの気持ちを聞かせてくれるって、友だちとしても嬉しかったりするんですよね」

「ならば、誤解は完全に解けたんですね」

「はい。森下さんはボヤの原因に関係ない。その他の三人も関係ない。原因はまちがいなく漏電。それがはっきり知れ渡り、校内の空気は変わりました。四件の紛失物事件や添えられていた図書館の本は、誰かの幼稚ないたずら、あるいはかまってちゃんの仕業だと思われて、このまま落ち着きそうです」

「服部くんは？」

　針谷に問われ、駒子は息をついてから答える。

「生徒指導の先生から無責任な噂を流さないよう、かなり厳しく注意されました。それに対し言い返すことなく素直に反省を見せているので、保護者の呼び出しには至っていません。生徒たちからは、騒ぎすぎた人間と言われているようで、彼にしてみたら不名誉で不本意ですよね。でも『だってクリスティっぽかったから』という一言にとどめているみたいです」

「評価の下落を甘んじて受け入れているんですね。何を言っても墓穴を掘るだけだと考えるくらいには賢いか」

　悠太の話になれば、触れないわけにはいかない。

「今回の件、結局は彼の自作自演なんですよね？　教職員の中にも疑ってる人はいますが、今のところみんな口には出さずにいます。私もそのひとりですが、なぜそんなことをしたのかと毎日考えています。ボヤの原因を想像したり、怪しい人間がいるんじゃないかと疑ったり、真実が他にあるならこのままにしておけないと思ったりするのは、個人の自由かもしれませんが、じっさいに人の持ち物を隠し、図書館からこっそり持ち出した本を添えて反応を見るというのは許されない行動です。厳しい言い方をすれば犯罪行為ですよ。それがわからない生徒ではないと思うんですが。どうして一線を越えてしまったんでしょう」

「ぼくは『火の粉』がきっかけかもしれないと思っています」

針谷はそう言って図書館の棚に目を向けた。今彼が口にした本はあるべき場所に収まっている。

「ボヤ騒動が起きる前、サッカー部の部室のあたりから立ち去る森下さんを見たのは、服部くん自身だったかもしれないとも思っています。別の人間だとしても、彼の耳に入ったのは連続紛失事件を起こす前だったのでしょう。ひょっとしてという疑いが芽生え、ほんとうのことが知りたくなる。そんなとき『火の粉』というタイトルが目にとまり、これを使えないかと思いついたのではないか。アイディアはどんどん浮かび、うってつけの本も複数見つかる。本命の森下さんの他にも、火を付ける可能性のある人間をピックアップし、彼はさらに計画を練り上げていく」

「そこから実行に至ったのはなぜですか」

「正義感でないことは確かだと。そんなのは言い訳です。好奇心に負けたのか、ゲームマスターになる誘惑に負けたのか。罪の意識が薄く、軽い気持ちだったのかもしれません。星川さん、いつか本人に聞いてみてください。今すぐでなくてもいい。でも、いつか」

「私がですか」

　針谷は駒子の目をまっすぐ見て言う。

「今は自分がしでかしたことを隠したい気持ちが勝っているのでおとなしくしている。でも大きな屈辱を抱えたことはまちがいありません。その気持ちが負の方向にねじ曲がってしまわないよう、どこかで反省会を開くべきかと。『火の粉』も『犯人に告ぐ』も『放課後』も『秘密』も、示唆《しさ》に富んだ深い内容の小説です。同じ学校に通う生徒を疑い、罠にかけるための、道具に使ってはいけない。そんなことをする前に、彼は小説から学ぶべきことがたくさんあるはずです。そのあたりをゆっくり、できれば時間をかけて、話し合ってみてください」

　責任重大だ。けれど責任ならば、「先生」と呼ばれる仕事に就いたときから課せられている。重さを嚙みしめ駒子はうなずいた。

「わかりました。そう遠くない時期に、必ず機会を作ります」

「大変だと思いますが、ちょっと、羨ましいです」

「は？」

　意外なことを言われきょとんとすると、針谷は頬をほころばせた。

「人の成長に関わり、良い影響を与えられるかもしれない。先生って素晴らしい職業ですね」

「与えられたら、の話でしょう？　今、針谷さんも『かも』って言ったじゃないですか。じっさいは難しくて空回りばかりなんですよ」

「応援しています。話し相手がほしくなったら、いつでも声をかけてください」

よろしくお願いしますと言ってから、駒子はさっそく今現在の悩みを相談する。

「羽多くんから宝物の漫画を返してもらった森下さん、私のところにもお礼を言いに来てくれたんですよ。それ以来、頻繁に図書館に立ち寄るようになって、もちろん大歓迎なんですけれども、昨日は突然、図書委員になりたいと」

理由を知って驚いた。羽多との出会いがとても特別だったらしく、彼と同じ委員に自分もなりたいそうだ。もじもじした言い方だったが、物陰でこっそりではなくカウンターの脇に立って、しっかり自分の意志を駒子に告げた。

近くにいた図書委員の女子生徒の耳にも届き、千鶴の決意にみんな色めき立った。彼女の中に芽生えた気持ちが瞬時に伝わり、まるで我がことのように頰を染める子までいる。

「私は冷静にたしなめました。羽多くんは今は学生でもない。同じにならない。そしたら森下さん、『星川先生が司書をしていた学校の、図書委員という立場は同じになります。それで十分です』と、目をキラキラさせて」

「委員は各クラスにひとりですよね？　もういるんじゃないんですか」

「森下さんは二年Ｄ組です。たしかに委員はもう選出されています。けれど居合わせた女子生徒たちは誰が委員か思い出すなり『あっ』と声を上げました。誰だと思います？」

針谷は素早く反応する。

「ぼくに尋ねるということは、もしかして、南場くんだったりして」

「大当たり。女子生徒たちは、あっちをクビにしてチヅちゃんがなれればいいと口々に賛成して。

南場くんは図鑑コーナーで立ち読みしていたのに、『なになに』といつもの調子で寄ってきて、話を聞くなり大慌て。ゴシップ好きはマスコミ研究部に移れと迫る子もいて、ちょっとした騒ぎになりました」

　まるで目に浮かんだかのように針谷は相好を崩す。

「まあ南場くんはいいんですけれど」

「いいんですか？」

「図書委員はふたりになってもかまいませんし。それよりも森下さんの気持ちが」

「星川さん、さっきから何を困っているんですか」

　駒子はため息と共に打ち明ける。

「羽多くん、すでに結婚していて、子どももいるんです」

「なんと。家庭持ちという意味ではぼくの先輩なんですね」

　すでに大工として独り立ちしつつある羽多に、妻子がいてもなんの不思議もない。しっかり着実に自分の人生を歩んでいるのだ。頼もしくも喜ばしい。けれど。

「森下さんに言わなきゃいけませんね」

「早い方がいいですよ。これぱっかりは仕方ないことですから」

　大好きな漫画の作者も遠い人だろうが、羽多も彼女にとって手の届かない存在だ。

　こういうときこそ宝物の漫画に、慰められてほしい。幸い手元に戻ってきたところだ。

　どういう内容なのだろう。ふと好奇心が刺激される。トヨ高の図書館にも漫画は置かれているが、『ランナーズ・ラン』はない。検討してみようか。
そんなことを考えながら、駒子は最近の人気漫画を針谷に尋ねた。

空を見上げて

意外な言葉が生徒の口から飛び出し、駒子は聞き返した。

「春雨？　今、『はるさめ』って言った？」

目の前の女子生徒、右田《みぎた》綾音《あやね》は真顔でうなずく。

「そうです。水でふやかすとお蕎麦《そば》みたいになる、あの春雨です」

駒子は図書館のカウンターに立ち、困惑そのままに首を横に振りたくなる衝動を、なんとかこらえた。綾音の手には駒子が赴任した直後に置いた手作りのプレートがある。そこには「本について　相談したいことがあったら　なんでも声をかけてね」と書かれてあるのだ。紛れもない駒子自身の直筆で。

水戸黄門の印籠を出された気分で、優しく話しかける。

「春雨が出てくる本ってこと？　もうちょっと詳しく聞かせてくれるかな。メモも取らせてもらうね」

カウンターの内側に手を入れ、駒子は白い紙とペンを用意する。綾音はくったくなく微笑んだ。

ことの起こりは夏休み前に遡る。秋の読書週間について図書委員の生徒たちと話し合ったところ、別の委員会や部活とコラボしてみたいという意見が出た。「いいかも」「面白そう」と声が飛び交い、どんなテーマがいいだろうかと具体的に話が進んだ。図書館に関連本があるのが条件で、いくつかの案から絞られたのが「料理」だった。

　さっそくクッキング部に持ちかけると、顧問の先生を始め、部員たちも乗り気になってくれた。図書委員たちは張り切って、図書館にあるレシピ本や料理がテーマの小説をリストアップしたり、クッキング部の子を招いて料理が出てくる本を紹介したり、自らも見よう見まねで料理に挑戦したりと意欲的に動いていた。

　ほとんどの図書委員たちは静かに本を読むことが多いので、元気にわいわい活動しているクッキング部の子たちとの交流も良い刺激になったようだ。野菜の切り方はクッキング部の方がよく知っているのに、「拍《ひょう》子《し》木《ぎ》切り」「桂《かつら》剝き」など、名称の語源については図書委員の方が正解にいち早くたどり着き、互いに感心し合う様子は駒子から見ても微笑ましかった。

　それぞれ目標としている活動発表の場は「読書週間」と「学園祭」なので、一足先に図書委員の方がコラボ企画を文章にまとめ、仕上げに入っていた。Ａ４のプリントが全校生徒に配られ、図書館内にも専用のコーナーが設けられ、学校のサイトにも紹介記事が載る。

　委員たちはこのところ見出しの言葉やレイアウトにかかりきりだ。今日も図書館の自習コーナーで一台のパソコンをのぞき込んでいる。その様子を駒子が見守っていると、クッキング部の部員で顔見知りになった右田綾音がやってきた。

薄茶色のふわふわの髪の毛をゆるく三つ編みにした色白の二年生だ。本は読まないそうで、図書委員会とのコラボが提案されたときも尻込みしたらしい。

クッキング部では小説に登場する料理に挑戦するという企画が持ち上がり、その話し合いにも消極的に出席していたところ、料理の候補として、『ヘンゼルとグレーテル』のお菓子の家があると知って、俄然《がぜん》やる気になった。童話でもいいの？　面白そう、やってみたい。彼女の明るい声がその場を牽引する形でテーマが決定した。

今年のクッキング部は学園祭のメイン展示物として「お菓子の家」を手作りする。二日目の最終日に見学者の前で解体し、みんなで分け合って食べるまでがイベントだ。もうひとつ、大《おお》沼紀子《ぬまのりこ》の『真夜中のパン屋さん』に出てくるパンも販売する予定で、図書委員の生徒たちも楽しみにしている。

どちらの活動も順調に進んでいるようで安心していると、綾音は本について相談に乗ってほしいと言う。それが春雨だった。

「春雨づくしのお料理が載っている本を教えてほしいんです」

雲を摑むような話だった。むしろ雲ならば司馬遼太郎《しばりょうたろう》の『坂の上の雲』や、最近では伊吹有喜の『雲を紡ぐ』などがあるのだが。いや、タイトルに「春雨」が付くと言われたわけではない。

「お料理のレシピが載っている本なのかしら。誰かのエッセイに出てくるのかしら。それとも小説の中で語られているとか？」

　まずはジャンルを知りたい。けれど綾音は眉を寄せて首を傾けた。

「さあ。ぜんぜんわからなくて」

「それは困ったわ。本って、ほら、たくさんあるから」

　駒子が促すように視線を向けると、綾音も身体をひねりフロアに並ぶ本棚に目をやった。ため息のようなものが彼女の口からこぼれる。

「ほんとうにすごくすごくいっぱい。でも私にはわからなくても、司書の先生ならわかるんじゃないかって思ったんですよね」

「ごめんなさい。春雨と聞いてパッと思いつく本がなくて。もうちょっとヒントをもらえる？あなたが読んだ本ではなさそうね」

「おばあちゃんです」

　綾音のきっぱりとした声に、その人物への敬意やら親愛の情やらが感じられるが、駒子にとっては難易度が上昇したと思わずにいられない。

「どんなおばあちゃんなの？」

「私が小学生の頃、両親が離婚して、お母さんとふたりでお母さんの実家に住むようになりました。おじいちゃんが亡くなったばかりで、おばあちゃんはひとりで住んでいました。とてもかわいがってもらって、そのおばあちゃんが以前、言っていたんですよ。昔読んだ本に春雨づくしの献立が載っていて、一度だけ真似をして作ったことがある。綾ちゃんがトヨ高に入学した記念に、また作って一緒に食べたいわって。なのにおばあちゃん、それからほんのひと月後に脳溢血で亡くなってしまって」

綾音の表情が曇り、駒子は心を込めて「残念だったわね」と言葉をかけた。

「いつ頃の話？」

「去年の六月です。未だに思い出すと哀しくなるし、泣きそうになるんですけど、私、思い付いたんです。今回のクッキング部の学園祭のテーマにぴったりじゃないかって。本に載っているお料理ならばＯＫなんですよね。部のメイン展示物はお菓子の家と『真夜中のパン屋さん』に決まってるけど、個人の活動はきちんとまとめられれば展示してもらえます。部長に聞いたらまだスペースに余裕があるそうで、模造紙の貼り出しもできるんです。さっそく予約しちゃいました。うまくできたらおばあちゃん、天国で喜んでくれます」

クッキング部の個人活動については駒子も聞き及んでいた。図書館にあったレシピ本を参考に、夏休み明けからずっとお弁当を作っている生徒は、その全写真を掲載する企画を立てている。旅行記を参考にアフリカ料理に挑戦する子は、調理過程を友だちに撮影してもらい、パソコンで動画を流す計画だ。

「おばあさまとの思い出の料理を、作ったり発表したりするアイディアはいいと思うわ。でもどの本なのか、わかればの話でしょう？」

「そうなんですよ。先生、お願いします。協力してください」

「もちろん、せっかく相談してくれたんだもの。私だって見つけたい。でも学校図書館には、すべての本を置いてあるわけではないの。二万冊を超える蔵書があっても、膨大な出版物のほんの一部でしかなくて」

「おばあちゃんはこの高校に置いてある本を読んだんです」

綾音の意外な言葉に、駒子は目を丸くする。

「おばあさまのお年はいくつだったの？」

「七十いくつか」

「この高校は創立四十五年だから、卒業生ではないわよね」

「おばあちゃんではなく、お母さんが卒業生なんです。お母さんがトヨ高の生徒だった頃、おばあちゃんは保護者としてこの図書館に来ていたんです」

綾音の母は今年、四十二歳になる。戸代原高校に入学したのは二十六年前。当時のトヨ高には保護者による読書サークルが設けられていたそうだ。本好きの保護者が本について語り合い、親睦を図る任意の集まりだ。生徒が卒業しても在籍することは可能だが、綾音の祖母は娘が通っていた三年間だけ参加していたと言う。

「残念ながら今はそういった集まりがないわね。どこかのタイミングで休会か閉会かしたんだと思うわ。おばあさまはかなりの読書家だったのかしら」

「そうでもないらしいです。子どもの頃や学生の頃は読んでいたけれど、学校を出てからは仕事したり結婚したりで忙しくて、読書から離れてたって言ってました。お母さんの高校入学式のあと、『保護者向けの読書会があります、図書館に寄っていってください』と書かれたプリントをもらったのをきっかけに、なんとなく行ったみたいで」

　二十年以上も前の話だが、駒子は通路の先にある図書館のドアへと目を向けた。そこが開き、入学式用の改まった服装をした女性が、今にも入ってくるような気がする。図書館の場所は変わっていない。棚に並んでいる本はほとんど差し替えられているだろうが、本のぎっしり詰まった棚が整然と配置されているところは昔も今も同じだ。

「なのでおばあちゃん、ここで貸し出しカードも作ってもらい、本をときどき借りて読んだと言ってましたよ」

「その中に、春雨の献立が書かれている本もあったのね？」

　綾音は大きくうなずく。その目に浮かぶ期待の色が強く濃くなっていくのを感じて、駒子はなだめるような気持ちで話しかけた。

「あなたのおばあさまがこの図書館に親しんで、読書を再開したなら私まですごく嬉しい。お会いしてお話ししてみたかった。きっと楽しいひとときが過ごせたと思うわ。でも、さっきも言ったとおり出版物は膨大な量があって、毎年新しい本が出ている。ここでもみんなが読んでくれそうな本を予算内で買って、入ってきたらその都度、利用頻度の低い本を棚から外しているの。二十数年前と今とでは並んでいる中身がちがう」

「外す？」

「こちらのフロアから準備室の奥にある書庫に移し、しばらく保管したあと状況に応じて処分するの」

駒子は身体をひねって準備室を指さす。

「捨てられちゃうんですか」

「残念だけど。全部取っておくだけのスペースがなくて」

「それはわかります。入れる分だけ出さないとパンクしちゃいますよね。だったらおばあちゃんと私では、同じ通路に立っていても眺められる本はちがうんですか」

「例外もあるのよ。本によってはずっと置かれているのもある。辞書や百科事典、古典の名作、美術書などの専門書、あるいは高額本」

「古典の名作や専門書に春雨はないですか」

力のない声でつぶやき、綾音はため息をつく。

「私の記憶にはないわね」

それで諦めるかと思いきや、綾音は「でも」と顔を引き締めた。

「やっぱりここにあるはずです。少なくとも今年の七月までは。見つけてくれた人がいたんです」

「どういうこと？」

「今年の六月におばあちゃんの一周忌があって、春雨づくしの献立のことを思い出して、友だちに相談しました。今、先生に話したのとほとんど同じ内容です。そしたらしばらくして、七月になってすぐの頃、その本を見つけたと言われました」

駒子は思わず「ほんとう？」と眉をひそめそうになって自重する。見つけた人がいたなら最初からそう言ってよと思いもするけれど、順を追って話してくれたのだと良い方に解釈する。

「その友だちって誰なの？」

綾音は口ごもって視線をさまよわせた。たった今までの快活な雰囲気が薄れ、別人のように憂いを秘めた横顔がフロアの一角に向けられる。そこには図書委員たちが座っている。印刷物のレイアウトを検討しているのだ。

綾音は彼ら彼女らを見つめているようでいて、口にしたのはそこにいない図書委員の名前だった。

「二年Ａ組の箕島《みのしま》希美《のぞみ》ちゃん。先生も知っているでしょう？」

驚いて駒子は固まる。二の句が継げずうつむいた。

なんと。この子は箕島希美の友だちなのか。

恐る恐る顔を上げると、綾音の視線は図書委員の子たちがいる机と椅子のコーナーから、フロアの大半を占める本棚へと移っていた。通路が縦に横にとまっすぐ伸びている。彼女の目には現実にはいない者の姿が映っているようにも思えた。

それが祖母なのか、友人なのか。

駒子にはわかりかね、黙って自分も本棚の間に目を凝らした。

＊

二年A組の箕島希美が学校に来なくなったのは七月初めのことだった。一年生のときから図書委員だったので駒子もよく知っている。

しばらく顔を見ないなと思っていると、学校も休んでいると教えてくれる子がいて、担任の小田《おだ》先生に様子を聞きに行った。

四十代男性の小田先生は理科の担当だ。理科準備室を訪ねると、彼女の名前を出すなり顔を曇らせた。準備室には離れた席でパソコンに向かう女性教師しかいなかったが、それでも人目を憚るように声を潜めて話してくれた。

「児童相談所に一時保護されたんです。妹と一緒に同じ施設に入れるという話が提示され、箕島も踏ん切りが付いたみたいです。学校には本人から連絡があり、私も話すことができました。元気にしてるので心配しないでくださいなんて言うんですよ。ひとりで抱え込まず、いつでも連絡してこいと言うのが精一杯でした」

学校で働いているとこの手の話は珍しくない。小中学校ではおそらくもっと多いのだろう。家庭内の暴力は子どもには防ぎようもなく、ただひたすら耐え忍ぶか逃げ出すか。与えられた選択肢はどちらかだ。

希美の場合は、母親の再婚相手である義父が暴力をふるっていた。彼女が中学二年生のときに一緒に暮らし始めたが、機嫌が悪くなると怒鳴る殴る蹴るが常態化し、近所の人の通報で警察が駆けつけたこともあったらしい。そのときも児相が一時保護したが、彼女が帰宅を望み、父親も反省を見せたので家に戻った。妹の身を案じたらしい。

その後、希美は自宅近くの戸代原高校に進学し、卒業すれば家を出て自立の道を歩むつもりだっただろうに、二年生の一学期で学校には来られなくなった。

駒子が彼女に会うのは図書館の中だけだった。小柄で華奢で笑顔の可愛い女の子で、山本文《やまもとふみ》緒《お》や角田光代《かくたみつよ》の本を愛読し、駒子が大島真寿美《おおしまますみ》や彩瀬《あやせ》まるを薦めると喜んで読んでくれた。あそこが良かった、泣けた、痺れた、驚いた、そんなやりとりも楽しく、彼女がノートに書き留めた作中の文章を見せてもらったときには、両手でぎゅっと抱きしめたくなった。自分も高校生の頃、同じことをやっていた。覚え書きの中にはあの作品のあの場面とわかる文章もあり、年齢や立場を超えて共感を味わった。

希美はこれからもっともっと本について語り合いたい生徒であり、その時間は少なくともあと一年半はあると信じていた。未だに喪失感はなくならず、新刊本が入ってくると彼女の顔が脳裏に浮かぶ。安全な場所に落ち着き、学校に復帰してくれる日を待っている。

その日の帰り道、駒子は学校の最寄り駅、戸代原駅前にあるユーカリ書店に立ち寄った。

ユーカリ書店は県北西部に四店舗を展開する中規模書店だ。昔はもっと支店があったそうだがこの二十年で半減したと聞く。それでも地域一番店という看板は守り、エリア内の学校に教科書や問題集を納め、学校図書館にも出入りしている。

戸代原駅前店は二階建てビルを丸ごと使った店で、一階に雑誌や新刊書籍、文庫、新書、児童書などが置かれ、二階にコミックや学習参考書、事典、実用書の類いが並んでいる。

トヨ高に赴任してから馴染みとなったユーカリ書店だが、店を訪れたのは久しぶりだった。いつもは自宅最寄り駅の本屋さんを利用してしまう。駒子は入り口に置かれた新刊コーナーをじっくり眺めてから雑誌コーナーに移り、初めて目にするスポーツ雑誌を手に取り、ぱらぱらめくっていてハッとする。

本のチェックに来たのではなかった。時計を見ると十八時半を過ぎていた。仕事帰りの会社員や下校途中の学生などで店内はにぎわっている。紺色のエプロンを身に付けたスタッフもちらちら垣間見えたが、目当ての人物はいなかった。階段で二階に上がるとお客さんの数が減り、見通しはよくなったものの探している人はいない。

代わりに一番の顔見知り、メタルフレームの眼鏡をかけ、絵本売り場にいたら子どもが恐がってしまいそうな鋭い風貌をした人を見つけた。

店の奥、バックヤードに繋がる扉の前にブックトラックを置き、真剣な顔で書類をのぞき込んでいる。

駒子が歩み寄り「あの」と声をかけたとたん、彼は顔を上げ、ぎこちない作り笑顔でこちらを向いた。吊り上がっているはずの目尻が不自然に下がり、薄い唇の両はじが持ち上がっている。

思わず後ずさりすると、「何かお探しでしょうか」と言いかけた彼、針谷も、客が駒子とわかったらしく眼鏡の奥の目を大きく見開いた。

「星川さん！」

「こんばんは」

「びっくりしました。驚かせないでくださいよ」

「そう言われても。どんなふうに声をかければいいんですか」

「すみません。でも珍しくないですか、店に来るのは」

極端な笑顔もびっくり顔も引っ込めて、怜悧《れいり》ながらも奥には温かいものを秘めた自然な表情を見せてくれるので、駒子も笑顔で応じた。

「ちょっとお話をしたい人がいて寄ってみたんです。でも今日はいらっしゃらないみたいですね」

フロアに目をやりながら言うと、「誰ですか」と尋ねられた。

「岡林《おかばやし》さんです」

駒子の返事に、針谷は聞き返す。

「何かありましたか？　岡林さんは今日早番で、もうあがってしまいました」

「そうですか。どっちみち忙しい時間帯ですものね。話はできないだろうなと思ってきたんです」

「私も早番でした。九時前から店に出ているので、そろそろ帰らなきゃと思っていたところです。星川さん、よかったら話を聞きましょうか。岡林さんに取り次ぐこともできますし」

それは渡りに船だった。もともと針谷には何度となく本にまつわる謎を解いてもらっている。

ありがたくお願いすることにして、駒子は一足先に店を出ることにした。

*

駅ビルのレストラン街は場所がわかりやすく待ち合わせに適しているが、できればもう少し人目に付きにくい場所がいい。そう言うと、針谷は雑居ビルの二階にあるそば屋を勧めてくれた。夕方の五時から始めている「ちょい飲みセット」がお得で手頃だと言う。

ユーカリ書店を出て路地をふたつ曲がった先、看板を頼りに見つけ出し店内に入ると、カウンター席もテーブル席もほどほど埋まっていた。ひとり客もいればグループ客もいる。年齢層は高めだが女性もけっこういる。

案内されたのは小上がりの手前にある角のテーブルで、となりのテーブルは空いていた。駒子が席についてメニューなどを眺めていると、十五分ほどで針谷がやってきた。お得なセットをふたりとも頼んだ。

間もなく生ビールや和《あ》え物の小鉢が運ばれてきた。「お疲れさま」と中ジョッキを持ち上げ喉を潤す。和え物に続き、刺身や煮物も出てきて、ふたりともせっせと箸を動かしジョッキを傾けた。

仕事終わりなのでなんといってもお腹がすいている。この店はランチもお得で美味しいそうだ。そんな話をしながら、針谷と外で会うのは初めてだと駒子は気付く。その初めてがそば屋のちょい飲みセットという状況に気持ちが和んだ。天ぷらまで出てくる。ほんとうにお得だ。そして美味しい。

天ぷらに付ける塩の話題でも会話が弾み、早々におかわりのビールを注文する針谷に、駒子も便乗した。メニューからふろふき大根と鶏の唐揚げも頼む。

「それで、岡林さんに話したかったこととは？」

二杯目のビールに口を付けたところで針谷が水を向けた。

駒子はジョッキをテーブルに置き、目を伏せて大きく息をついた。

「特に何かあったわけではないんですが、岡林さんにお世話になったうちの生徒の話題が今日学校で出まして。その生徒について最近何か聞いていませんかと、うかがってみたかったんです」

七月から高校に来なくなった箕島希美の自宅は、戸代原市内にあるマンションの一室で、そこにはユーカリ書店の戸代原駅前店で働く岡林も住んでいた。岡林は五十代の主婦でパートとして勤務している。

希美の家から漏れる怒声や悲鳴、泣き声は近隣にも聞こえ、岡林は何度となく玄関ドアを叩きもしたし、他の住民とも相談して警察に通報もした。

けれど希美の父親や母親は「大丈夫です」「なんでもないんです」と繰り返すばかりで、たしかに大騒ぎのあとは少し静かになる。けれど数ヶ月もするとまた揉める。
岡林はあるとき、マンション内の植え込みで泣いている希美を見つけた。涙を拭っているのとは別の手に本らしきものを抱えているので、歩み寄って声をかけた。

「どうかしたの？　本を持っているのね」

見せてもらうと表紙に「戸代原高校図書館」というラベルが貼ってあった。

「これ、うちが納品した本だわ」

「のーひん？」

「おばさん、駅前のユーカリ書店で働いているの。ユーカリ書店はトヨ高の図書館に本を納めているのよ。これもうちが配達した本だわ。まだ新刊ね」

ところが角がつぶれているだけでなく、小口部分に赤茶色のしみがついていた。

「これ、もしかして血？　あなた怪我をしているんじゃないの？」

希美は首を横に振り、投げつけられた本がぶつかり妹が鼻血を出してしまった、それが付いたのだと言う。鼻血は手当をして止まったけれど、本はもう危ないので家から持ち出したとまた涙をこぼす。

岡林は胸を衝かれた。父親という主語は省いたものの状況は察せられる。本が凶器になる家があり、この子はそこで暮らしている。逃げ場もなく、いずれ戻らなくてはならない。

「だったらこの本、おばさんが預かっておくわ。おばさんのうちにもこれと同じ本があるの。もう読み終わっているから、次の配達のときに学校の図書館に持っていってもらう。そうすれば司書の先生が新しくラベルを貼って棚に戻してくれるでしょ。あなたが心配することは何もないのよ。この本をまだ読み終えてないなら、もう一度借りればいい。次からは家の中の置き場所に十分気をつけて」

岡林は希美の負担にならないよう笑顔で提案しつつも、最後の一言を言い添えるときには力がこもった。

希美はとまどい、ためらいもしたが、残してきた妹も気になるのだろう。植え込みの脇から自宅のある階を見上げ、お願いしますと震える声で言った。

その数日後、岡林の機転やら善意やらによって、真新しい本が針谷を通じて駒子のもとに届けられた。

希美は真面目で熱意のある図書委員でありながら、ときどき当番の役目をすっぽかしたり、委員会を欠席したりする。駒子は訝しく思い彼女の担任に問い合わせ、複雑な家庭事情を聞いていた。おかげで図書館の本に起きた顛末も、憔悴《しょうすい》しきった希美の様子も察するにあまりあった。

それが年明け早々の出来事で、半年後の七月に希美は妹と共に家を出た。詳しくは聞いていないが、岡林は本の一件以来、積極的に希美に声をかけていたらしい。間に入ったことから事情を知る針谷にも相談に乗ってもらっていたようだ。

「直に話したいようでしたら、岡林さんの都合の付きやすい日時を聞いておきますよ」

「そんな大げさな話じゃないんです。箕島さんの友だち、右田綾音ちゃんというんですけど、その子の探している本を、箕島さんがうちの図書館で見つけてくれたらしいんです。でもちょうど七月初めの頃で、どこにあったのか、なんていう本だったのか、肝心の話を聞く前に箕島さんはいなくなってしまった。それを探し当ててほしいと、右田さんに相談されたんです」

　今聞いた話を咀嚼するように、針谷は人差し指を自分の眉間に押し当て、駒子の方を向く。

「右田さんという女子生徒には探している本があった。それを箕島さんが学校の図書館で見つけた。でも在処を教える前に彼女は学校に来なくなり、本の在処はわからずじまい。あってますか？」

「はい。ばっちりです」

「それなら検索システムにかければいいんじゃないですか。トヨ高の蔵書の一冊なんですよね？」

「右田さんの亡くなったおばあちゃんが読んでいた本で、右田さん自身はタイトルを知らないんです。私も検索のしようがなくて」

　針谷は驚いたあと、「うーん」とひとしきり唸るので、駒子は補足した。

「右田さんはクッキング部の子なんですけど、クッキング部は今年の学園祭で、『本に登場する料理』をテーマに発表をします。右田さんはおばあちゃんが話してくれた、春雨づくしの献立に挑戦したいそうです。それにはどうしても該当する本が必要なわけですよ」

「春雨ですか」

「そう。水で戻して使う、あの春雨」

「待ってください。では、作中に『春雨づくしの献立』が出てくる謎の本があり、箕島さんはすでに見つけ出したと？」

「そのようです」

針谷はピタリと動きを止め、二、三度瞬きしたあと、水滴のついたビールジョッキに手を伸ばした。ぐいっと呷《あお》ってジョッキを置き、感極まったような声で言う。

「すごいですね。ぼくはそれ、とてもすごいことだと思います。今年の七月前後、箕島さんは自分の人生を変えかねない選択を迫られます。まだ小学生である妹と家を出て、児相に保護される。外部との連絡は遮断され、高校には行けなくなる。それからどういう暮らしが待ち受けているのか、確かなことはほとんどない。不安も恐ろしさもやりきれなさもあってしかるべきです。そんなときに、春雨づくしの本を探す？」

言いながら針谷は微笑み、さらに続ける。

「ぼくの憶測や、もしかしたら都合のいい感傷でしかないのかもしれませんが、学校図書館の背表紙を一冊ずつたどることで、彼女は本好きで探究心旺盛な高校生でいられたんじゃないでしょうか。上履きを履いて制服を着た、他の生徒となんら変わりのない高校生。自分の努力や頑張りでいくらでも道が拓けていく十代の女の子。彼女は少なくともあの図書館にいる間、しがらみから解放されていたのかもしれないと思うんですよ」

話を聞いて駒子の鼻の奥もツンと痛くなる。カウンター当番を急にすっぽかしたのも、委員会を欠席したのも、やむにやまれぬ事情があったのだろう。彼女にはどうにもならない家庭の問題があった。本来なら、委員会活動を続けるだけの気持ちの余裕すらなかったのかもしれないが、彼女は一年生に引き続き、二年生でも図書委員に立候補した。カウンター業務や日々の清掃、プリント作り、機転が利いて覚えが早く仕事が正確な彼女は、司書にとっても他の委員にとっても頼りになる存在だった。

　思い返せば針谷の言うように、図書館で見かける希美に暗い影はほとんど感じられなかった。他の子たちと楽しげに喋り、笑い、静かにと注意されて茶目っ気たっぷりに肩をすぼめる。あれが本来の彼女だとしたら、よけいに今、どういう場所で何を考えているのかと暗い思いが広がる。

「星川さん、本を探しましょう。箕島さんが探し当てた本。どんなヒントからどう推理して正解にたどり着いたのか、ぼくは知りたいです」

「ありがとうございます。針谷さんも一緒に考えてくれるんですね」

「微力ながら参加させてください。『春雨づくし』の本について、岡林さんも何か聞いているかもしれません。当たってみましょう」

「お願いします」

　ここで目を潤ませていてもどうにもならない。気持ちを切り替えよう。

　駒子がビールを飲み干し酎ハイを頼んでいると、針谷がペンとメモ用紙を取り出した。駒子にも図書館のカウンターで書いたメモがある。鞄からそれを出して、綾音とのやりとりを加えながら話した。

　針谷は箇条書きにまとめていく。

・二年Ｂ組、右田綾音の祖母の名前は和子《かずこ》。母は麻衣子《まいこ》。
・二十六年前、麻衣子さんが戸代原高校に入学。
・当時のトヨ高には保護者による読書会があったが、今は活動停止中。
・和子さんはその読書会に三年間参加。
・トヨ高図書館の本を借りて読んだ中に「春雨づくし」の献立が載っている本があったらしい。
・昨年、綾音がトヨ高に入学したので、和子さんは過去を振り返り、またあの本に載っていた春雨の献立を作りたいと話していた。
・ところが一ヶ月後に急死。
・今年の六月、一周忌の法要があり、綾音は和子さんの言葉を思い出した。
・文化祭発表のため、自分も作ってみたいが、献立の載っている本がわからない。そこで図書委員をやっている友だちの箕島希美に相談した。
・希美は七月初めの金曜日、「見つけた」とＬＩＮＥをしてきた。今度会ったときに教えるねとメッセージをくれたのに、週が明けても学校内でなかなか会えず、やっと顔を合わせたときには「もう学校には来られなくなるかもしれない」と打ち明けられた。彼女の家庭の事情はおおよそ知っていたので、深刻な状況であることは察しがついた。とても本のことは口にできない。「ずっと友だちだからね」「連絡してね」と手を握るのが精一杯だった。

駒子は針谷のまとめを読み、うなずいた。

「私が聞いたのはこれくらいです。思い出したことや追加でわかったことがあったら知らせますね」

「お願いします。ちなみに、七月の初めから十月の今に至るまでに、破棄処分した本はありますか？」

駒子はすぐに首を横に振った。

「この三ヶ月ではないです。フロアの棚から下げた本はありますが、書庫に移しただけ。次の処分は年末に予定しています」

「だったら箕島さんが見つけた本は、まだ図書館のどこかにあるんですね」

針谷はホッとした様子で頬をほころばせたが、駒子は困惑を隠せない。頭に膨大な本の背表紙が浮かぶからだ。

「学園祭まで三週間を切っています。探し当てられるといいんですけど、かかりきりにもなれないですし」

見通しが暗いことを匂わせると、針谷はうなずきつつも励ます。

「それでも頑張りましょうよ。箕島さんと我々と、得られたヒントはほぼ同じはず。その中から彼女は正解にたどりついた。これもまた重要なヒントになると思うんです。本はまだ図書館内にあり、見つけ出す条件は揃っている。彼女はそう教えてくれています」

自分たちの方が圧倒的に有利なのだと、針谷に励まされて気付く。希美はあるかないかさえわからないような本を、たったひとりで探し当てた。

「すごいですね。今さらながら、どうして彼女にはわかったんでしょうか」

「それもまた手がかりにすればいいんですよ。右田さんという女子生徒に聞いてみてください。箕島さんに尋ねられたことがあったのではないか。あればそれを教えてほしいと」

了解して駒子は運ばれてきた酎ハイに口を付ける。針谷は三杯目の生中だ。空いているお皿を片付けてもらい、つまみで頼むのはあと一品くらいだろうか。そう思ってメニューを見ていると、イカ焼きが美味しいですよと針谷に薦められる。

「いいですね、じゃあそれで」

気の合う人と気兼ねなく食事を共にする。好きなメニューを好きなだけ注文し、働いた自分のお金で支払う。ささやかと言えばとてもささやかながらも、大人になってから得た自由だ。それさえ希美には容易ではないのかもしれない。でも彼女は彼女なりの一歩を踏み出した。

今は遠くに行ってしまったと感傷的になるのではなく、彼女の推理に歩み寄り、同じ本を見つけたい。「あれに気付いたなんてすごいね」「先生こそ」というやりとりを近い未来にするために。

イカ焼きの香ばしい匂いが漂ってきた。向かいの席に視線を向けると、針谷はペンを持ち、自分の書いた箇条書きの脇に数字を入れていた。その数字にアンダーラインを引いたり丸で囲ったりして首をひねる。

もしかしたら希美も針谷と同じようなことをしていたのかもしれない。本の探索だと思うと司書の領分にレファレンス業務があるけれど、この案件はそれではわからない部分が多そうだ。
鷹揚に構え、駒子は運ばれてきたイカ焼きを店員から受け取った。

＊

翌日の放課後、駒子は綾音に図書館まで来てもらった。準備室に招き入れ、針谷から預かった質問を投げかけた。

「春雨づくしの本を探してもらうとき、箕島さんから何か聞かれなかった？　探すに当たってのヒントになりそうなことよ。図書館中の本を片っ端から読んでいくわけにはいかないでしょ。箕島さんも手がかりがほしかったと思うの」

駒子の言葉に、綾音は視線を宙に向けた。当時のことを思い浮かべているらしい。

「そういえば、おばあちゃんがどんな本を読んでいたかと聞かれました。好きな作家さんとかジャンルとか、知っていたら教えてほしいって。でも私にはちんぷんかんぷんで。家に帰って、おばあちゃんの本棚の写真を撮りました。おばあちゃんはトヨ高の図書館を利用してから区の図書館にも行くようになり、いろいろ借りて読んでいたんです。中にはずっとそばに置いておきたい本もあって、文庫になったときにちょこちょこ買っていたと話していました。だから、本棚を見ればわかるのかなと思ったんですよね」

「素晴らしいわ。その写真、まだある？」

綾音はうなずき、スマホを操作して見せてくれた。駒子は画像を引き伸ばしつつ、並んでいる背表紙に目を凝らした。『舟を編む』『白夜行』『64』『博士の愛した数式』『天地明察』『八日目の蝉』。どれもその時代を彩るだけでなく、未だに読み継がれている名作、それも小説ばかりだ。

　綾音の話によれば、両親の離婚を機に移り住んだ祖母の家は、古い住宅街にある小さな一軒家だったそうだ。書斎も書庫もなく、本棚はふたつあるだけ。そのうちのひとつには辞書や雑誌など、家族の本が雑多に詰め込まれ、もうひとつは祖母の部屋の押し入れにあった。下段に収まる高さで、キャスターが付いているので出し入れしやすい。祖母の買った本はそこに並べられていた。綾音の写真もその棚を写したものだ。

「これを箕島さんにも見せたのね。箕島さん、何か言ってた？」

「『とても興味深い』って言ってました」

　口にしながら綾音は少し笑い、駒子に笑った理由を話してくれる。

「ミノちゃんが大真面目に言うから、なんかおかしくて」

「そうね。名探偵のセリフみたい」

「それですそれ」

　限られたスペースを意識して、一冊一冊を慎重に購入したのだろう。写真にあるのは綾音の祖母の琴線に触れた、特別な作品ばかりだ。言い方を変えれば、このラインナップが心の有り様を物語っている。そこに希美は思い至り、「興味深い」と言ったのだろう。

「ねえ、ひょっとして、春雨づくしの本はこの中にあったりしない？」

思いついて駒子が言うと、綾音は眉をひそめる。

「それはないと思いますよ。ミノちゃん、図書館で見つけたと言ってました。私の家にもあるとは言いませんでした」

答えながら「そういえば」と、綾音は続ける。

「春雨の本について、おばあちゃんが話していたことを思い出して、ミノちゃんに伝えたんですよね」

「何それ。そんなヒントがあったの？」

「おばあちゃん、『わたしには当てはまらない本だったけど、読んでみたらとても良かった』と言ってました」

「当てはまらない本」

「それ以上のやりとりはなかったので、私に聞かないでくださいよ」

綾音が先手を打って両手を振るので、駒子はその場でいくつか可能性を考えた。

「ふさわしくない、じゃなくて、当てはまらない、なのね。ってことは『九州生まれのナントカ』というタイトルで、おばあちゃんは北海道生まれだったとか」

「神奈川県生まれです」

「おばあちゃんは小食だったのに、『大食漢のナントカ』って本はどうかな」

「よく食べて、ぽっちゃりしてました」

「当てはまらないのが正解なのよ。『小食のナントカ』っていうタイトルで、おばあちゃんがいっぱい食べる人ならＯＫ」

「だったら、『ちょー美人のナントカ』もありですね。おばあちゃん、ふつうの人なので」

「そうか。『美女と野獣』みたいな？」

「おお。先生ナイス。おじいちゃん、野獣じゃないです！」

　本をめぐる会話は楽しいが、面白がっている暇はないので、また何か思い出したら連絡してねと話を切り上げた。綾音の見せてくれた写真はスマホで撮らせてもらった。仕事を終えてから針谷に転送し、「当てはまらない本」という手がかりについても書き添えた。


　その日の夜、駒子が自宅に帰り夕飯を済ませ、食器の後片付けも終わった頃に針谷から電話があった。遅番と聞いていたので、やっと落ち着いた時間なのだろう。

　本棚の写真と祖母の言葉に、「実に興味深い手がかりです」と返され、駒子は吹き出してしまいそうになった。

　どうかしましたかと怪訝そうな声を出され、綾音と交わした「美女と野獣」の話をする。針谷は「なんですか、それ」と楽しげに突っ込んでくれた。

「『当てはまらない』は重要なキーワードになるでしょうが、まずは右田さんのおばあさん、和子さんの読書傾向がポイントになるでしょうね。箕島さんはまず、二十六年前に和子さんがどういった本に興味を持ち、図書館の棚に手を伸ばしたのか、それを考えたと思います」

針谷に言われ、駒子はうなずく。

「自宅の本棚の写真を見て、和子さんが読みそうな本を推理していったということですね？」

「はい」

「でも、並んでいた本はジャンルも作者もばらばらですよ。名作や話題作である点は共通してますけれど」

「ちょっと思ったんですが、各作者の、和子さんなりのマイベストを置いていたのかもしれません。ときどき差し替えて、外した本は段ボールなどに入れたりして、出し入れしやすい棚にはとびきりのお気に入りだけを置いていた、とか」

　話を聞きながら駒子は自室を振り返った。古い賃貸マンションで、鉄筋コンクリートというのが最大の長所だ。２ＤＫの壁はほぼ本棚で埋まり、あふれた本はクローゼットにしまってある。これでも収納スペースが少ないと不満に思っていたが、和子さんは読書を楽しみながらも自宅に置く本は極力抑えていたようだ。押し入れに収納できるコンパクトな本棚、たったひとつ。

　限りあるスペースを睨み、何を買って何を外すか、検討に検討を重ねていたのだとしたら、あのラインナップはまさに珠玉のコレクションだ。

「和子さんなりのマイベストって可能性はありますね。ひとりの作家さんにつき、ほぼ一冊しか置いてないのが不思議だったんです」

「もしそうだとすると、二冊ある作家さんは要注目です。たとえば恩《おん》田《だ》陸《りく》さん。棚の下の方に

『三月は深き紅の淵を』があり、一番上の段には『蜜蜂と遠雷』があります」

綾音が撮った本棚の画像をスマホの中で引き伸ばす。たしかに同じ作者の本が二作品。

「どちらもとても気に入って、絞ることができなかったんでしょうか。もしそうなら恩田陸さんって素晴らしいですね。十数年を経て、和子さんを悩ませるほどの傑作を新たに発表したんですから」

「ぼくも同じことを思いました。でも星川さん、さらにグッとくることがありますよ。『三月は深き紅の淵を』の文庫が出たのは二〇〇一年です。単行本はそれより前の一九九七年に出版されています。そして右田さんのお母さんがトヨ高に入学し、和子さんが読書会に参加したのはちょうどその前年。お母さんが高校にいる三年間に、図書館がこの単行本を買ったとしたら、和子さんも読んだのかもしれません」

二十数年前の在校生の保護者と、今の自分が繋がったような気がした。恩田陸の本ならば自分も扱っている。『蜜蜂と遠雷』を読んだ者同士という共通点も嬉しいが、トヨ高の図書館を通じての結びつきは格別だ。

「針谷さん、早くも候補が現れたということですね。『三月は深き紅の淵を』に春雨の献立が登場していたら、もう正解じゃないですか」

「自宅の本棚にはないと、綾音さんは言ってたんですよね？」

冷静な針谷の指摘に駒子は首をすくめる。

「すみません。そうでした」

「和子さんが言っていた、『当てはまらない』という言葉にもピンときませんし」

たしかに、何月であろうとも、紅の淵はなかなか見られないだろう。青い淵も黒い淵も馴染みのない言葉だ。

安易な自分が恥ずかしくて少しは気の利いたことを言いたくなったが、かっこうを付けるとろくなことにならないので、駒子はひと呼吸おいてから、「ですよね」と無難に返した。

「自宅の本棚にはない本で、和子さんには当てはまらない本。これが手がかりなので、針谷さんの話からすると、写真にある本の作者たちに注意を向けた方がよさそうですね」

「はい。細かく言うと、和子さんがトヨ高の図書館を使用していた一九九六年から一九九八年までの間に、棚にあった本でなければならず、二〇〇〇年以降にデビューした作家は除外されます」

「一九九八年より前に、学校図書館で購入されているような作家さんですね。この写真で言うと、さっきの恩田陸さん、浅田次郎《あさだじろう》さん、天童荒太《てんどうあらた》さん……」

「宮部みゆきさん、北村薫《きたむらかおる》さん、栗本薫《くりもとかおる》さんなども気になります」

「気になる？」

「本の置かれている位置です。必ずしも出版順ではなさそうです。図書館で目に付いた本を借りて読んで、琴線に触れた本をあとから文庫で購入し、本棚のキャパシティに応じて絞っていく。和子さんなりの法則に思えますが、一番下の段は別格に感じます」

駒子が写真を引き伸ばし、一番下の段をクローズアップしていると、針谷がさらに言う。

「実は宮部みゆきさんも二作品あります。下段に『火車』、上から二段目に『ぼんくら』」

「ほんとだ。たしかに。そして栗本薫さんのは二冊並んでいます。『優しい密室』と『十二ヶ月』」

特別扱いですねと言いかけて、ふと思う。

「針谷さん、ひょっとして一番下の段は、トヨ高の図書館で借りて読んだ本が並んでいるのでは」

和子さんにとって、読書の楽しみを思い出させてくれた場所だ。

「ぼくもそんな気がしています。まずは下段の作家から調べてみるべきかと。一九九九年以前の、どんな作品が今の図書館にあるのか。それが狙い目です」

*

針谷の言葉を受けて、駒子はさっそく翌日から、時間を見つけては学校図書館の棚に目を光らせた。大御所の名作であっても単行本としてはすでに置かれていない。文庫をいくつか発見したものの、ぱらぱらめくった限り、春雨の献立は登場しなさそうだ。

「先生、何してるんですか」

手に取った文庫を戻していると、二年生の図書委員、南場昇一に尋ねられた。

「ちょっとね。箕島さんが探し当てた本を、探しているの」

昇一は目を丸くして、おしゃべりな彼にしては珍しく黙り込んだ。そばにいた女子の図書委員、近藤《こんどう》幸《ゆき》葉《は》が反応する。

「先生、もしかしてそれ、クッキング部の右田さんに頼まれた本ですか」

「そうなの。近藤さん、何か聞いてる？」

「ミノちゃんが言ってました。何かの献立が載っている本を探しているって」

「春雨よ」

幸葉の顔がパッと明るくなる。

「そうでした。春雨でした」

「他に何か聞いていることはない？　箕島さんがどんな棚を探していたのかも、知っていたら教えて」

「先生がミノちゃんの代わりに探しているんですか？」

「そうでもあるんだけど、箕島さんは探し当てたみたいなの。でもなんていうタイトルなのか、右田さんに教える前に学校に来られなくなって。右田さん、学園祭で春雨の献立を発表したいんですって」

幸葉は「発表……」と呟き、じっと考え込む。

「どうかした？」

「右田さんが了解してくれれば、右田さんの発表の内容や過程を、うちがレポするのもありですよね」

「まあそれは、誰かやってくれる人がいれば」

「そのレポをウェブに載せることはできますか。先生、載せてくれますか？」

熱を帯びた言葉で詰め寄られ、駒子はうなずいた。

「みんなの合意があれば」

「やります。レポを書いて写真もいっぱい撮ります。だから先生、必ずウェブにあげてください。そしたらミノちゃんが見てくれるかもしれない」

いつの間にか図書委員のメンバーが集まっていた。そのひとりひとりが幸葉の言葉に息をのむ。あとからやってきたメンバーが「なになにどうしたの」と騒ぎ、話を聞くやいなや、「やろうよ」と声を上げた。

「ミノちゃん、絶対見てくれる。今じゃないかもしれないけど、ウェブならいつでも見られるもんね」

「その本を囲んで、集合写真も撮ろうよ。ミノちゃんの帰りをずっと待っているよって」

「私もそれ、先輩に伝えたいです」

中には涙ぐむ一年生もいた。駒子の胸も熱くなる。みんなの気持ちが嬉しかったのももちろん、綾音の思いにも気付けた。彼女も同じことを考え、クッキング部のウェブページに載せるつもりなのだ。

駒子の肩にも自然と力が入る。

「どの本なのかはわからないけど、作家さんの候補はある程度絞られているの。まずはその作家さんの本を見つけて、リストアップしてくれる？　そのとき、奥付を見て出版年も書いといてほしいの」

　みんなうなずいたが、いくつか質問の手があがる。

「先生、小説に限らず、随筆のコーナーもチェックすべきですか？」

「そうね。お願い。念のため、料理本も見てくれるかな。作家さんがメニューを提案している場合もあるから」

「アンソロジーはどうします？」

　複数の作家が参加している短編集だ。

「それもお願い。失念してたわ」

「先生、書庫はどうします？　私、箕島さんが書庫にいたのを見たことがあります」

　駒子は準備室に目をやりながら答える。

「それ、私も考えてた。箕島さんに書庫を見たいと言われたことがあったけど、あれは七月だったかしらね。ちょうどその頃バタバタしててよく覚えてないの」

「六月の終わりですよ。発売したばかりのコミックがあって、ミノちゃんはもう読んだのか聞こうとしたら書庫にいたんです。その数日後、また書庫にいました」

「何か言ってた？」

「古い本を探していると言ってました」

　彼女が結果的にどこで見つけたのかは不明だ。ただ、書庫である可能性は高い。数十年も前に出された本はどうしても貸し出し回数が減り、正規の棚から外されやすい。名のある作家の本ならば処分するのもためらわれ、とりあえず保留にすることはよくある。心して当たらなくてはならない場所だが、整然と並べられているフロアとちがい、書庫は本を詰め込んでいるので探しにくい。閉校になった他校から譲り受けた本など、経年劣化が進んでいても資料的価値の高い本もあり、むやみに引っかき回されたくない。

　書庫を見たいという希美の要望に応じたのは、彼女ならばという信頼感があればこそ。じっさいどこを探したのかわからないほど痕跡を残していない。

　ひとまず、「おれ、書庫がいい。宝探しやりたーい」とはしゃぐ昇一をたしなめ、生徒にはフロアだけを見てもらう。

　針谷と相談して絞った作家は六人だ。浅田次郎、宮部みゆき、栗本薫、恩田陸、真保裕一《しんぼゆういち》、小野不由美《おのふゆみ》。和子さんの本棚の下段に並んでいる作家で、複数の著作が高校の図書館に収蔵されていると考えられる作家たちだ。このうち栗本薫は二〇〇九年に亡くなっているので近刊はなく、フロアの本棚にはないかもしれないが、書庫にはあるだろうとリストに入っていた。

　検索機を使えば作家ごとの収蔵本は出てくるけれど、駒子と針谷がポイントとしているのは、一九九六年からの三年間にトヨ高図書館の棚にあったかどうかだ。そのとき購入した本がそのまま残っていれば和子さんが読んだ可能性がある。一番わかりやすいパターンだ。でも単行本を購入して棚に置いたものの、後年、本の傷みなどを考慮して文庫本を買い直す場合がある。そのときは該当する文庫を直接読んでいなくても、単行本ならば読んでいるかもしれない。希美はそこまで考えて本を探したのではないかと針谷は言い、駒子もうなずいた。

話題作は単行本で出版されたのち、数年後に文庫化される場合がほとんどで、話題作だからこそ長きにわたって学校でも棚に並べられる。新たに文庫を買い直すケースも多いのだ。

そんなわけで、絞られた作家の本のうち、棚にある本が初めて世に出たのはいつなのか、そこをさらに調べて候補リストを作成した。図書委員が五人も参加してくれたので、さっそく、その日のうちにフロアにある分は探し当てられた。浅田次郎『蒼穹の昴』『鉄道員《ぽっぽや》』、宮部みゆき『火車』『蒲生邸事件』『レベル7』、恩田陸『六番目の小夜子』、小野不由美『魔性の子』。

このうち和子さんの本棚に置かれている『火車』と『蒼穹の昴』『魔性の子』を外すと、わずか四冊だ。手をあげてくれた図書委員が借りて、中身を調べることになる。そこに春雨づくしの献立が載っていれば探索終了だ。見つからなかった場合は料理本のエッセイやアンソロジーにも手を広げることにして、図書館を閉めるぎりぎりの時間に解散した。

*

翌朝は始業チャイムの前に綾音がやってきたので、今の状況を説明した。図書委員のみんなも希美のために立ち上がったと聞き、目を潤ませる。そこに委員の子たちが次々に現れた。綾音と共に駒子も期待に胸を膨らませたが、本を調べた生徒たちは首を振ったり、両手をクロスさせて×印を作ったり。結局、持ち帰った四冊は外れだったらしい。

中には分厚い本もあった。読んで目を通したのではなく、ページをめくって「春雨」の活字を探したらしい。それもまた簡単な話ではない。駒子がねぎらいの言葉をかけると、生徒のひとりは「でも先生」と言う。

「ミノちゃんもこんなふうに調べていたのかなと思うと、なんか嬉しかったです」

はにかんだ笑みを向けられ、駒子は「そうね」とうなずいた。綾音もようやく、自分の依頼した内容が難題だったと実感したようだ。申し訳なさそうに身を縮めるので、図書委員の幸葉がそばに寄って話しかける。

「大丈夫。きっと見つかるよ。そしたらお料理はお願いね」

「ありがと。お料理は頑張るから任せて」

「えらいよ。私、春雨なんて食べたことはあるけど、触ったことはない」

「こんな分厚い本を調べる方がすごいよ」

会話を聞きながら、駒子はふたりを結びつけている希美に思いをはせた。彼女の置かれている現実をいくらかでも知りながら何もしてあげられず、無力感を噛みしめることさえ、自己満足に思えて心苦しかった。けれど、同じ勉強会に所属する先輩司書の富田が、以前こんな話をしてくれた。

富田の勤め先である高校にも家庭の事情で学校に来られなくなる生徒がいた。新しく購入した単行本を、その生徒は借りたばかりだったが、返却はもう期待できない。生徒の安全を祈る気持ちはもちろんあるものの、学校図書館で買う本は保護者からの徴収金でまかなわれている。

きつい予算を思うと、失った本の金額は軽いものではなかった。
すると三年が過ぎた頃、学校に郵便物が届いた。高校の住所が書かれ、宛名は「図書館　富田先生」。開けてみると件《くだん》の、貸したきりになっていた単行本が入っていた。ラベルの貼られていない新品だ。書店のレシートが挟んである。そえられていた手紙には「やっと返せます。遅くなってすみませんでした」と。

富田は「単行本よ。二千円近くするのよ。そんなお金があるならTシャツの一枚でも買えばいいじゃない。何か好きなものを食べればいいじゃない」、そう言って笑いながら涙ぐんだ。わざわざ送ってくれた気持ちは泣くほど嬉しい。でも大切なお金を自分のために使いなさいと言いたくもなる。先生はいつもいろんな心を持っている。富田は生徒の懐具合を心配していたのだ。

あれを思い出すと、熱い心を持った先輩司書を見習って、自分もこの場所をしっかり守らなくてはと駒子は思う。初めての利用者を受け入れ、いつもの生徒に気持ちよく本を選んでもらい、お帰りなさいと言える機会を待ちわびる。それが司書の仕事だ。

始業のベルが鳴り響き、生徒はそれぞれの授業に臨む。その間、駒子は教科の先生と打ち合わせをしたり、定期購読雑誌の貸し出し頻度を割り出したりと、予定していた業務をこなしつつ、時間を作って書庫を調べた。針谷も可能性のある本のリストを送ってくれた。それを参考に狭い場所に目を光らせる。

積んである段ボールをこじ開けた形跡や、他のものをどかさないと入れないような場所に立ち入った形跡、埋もれている下段の探索などは見受けられない。希美はそれ以外の、そこそこ見やすい棚を重点的に調べたのだろう。とはいえ、縦に横にと詰め込まれてかなり見苦しい。

駒子は根気強く背表紙をなぞり、なんとかリスト内の本を見つけ出した。浅田次郎『プリズンホテル』1から4までの計四冊。宮部みゆき『龍は眠る』『理由』『ステップファザー・ステップ』、小野不由美『屍鬼』上下巻。

さらに放課後、几帳面で騒がしくない図書委員に手伝ってもらい、恩田陸『球形の季節』『光の帝国』、栗本薫『優しい密室』『絃の聖域』『猫目石』上下巻、真保裕一『ホワイトアウト』『奪取』上下巻も探し当てた。

フロアで料理書やアンソロジーを調べていた子からは、候補の作家さんは見つからなかったと報告を受けた。書庫にあった候補の本は前日同様、手分けして持ち帰り、駒子も分厚い『屍鬼』を担当した。

これらの本の中にこそ春雨づくしの献立があるにちがいない。ゴールテープは目の前と思っていたのだが、『屍鬼』の中にそれらしい記述はなく、他の本を持ち帰った生徒たちも、翌朝顔を合わせるなりみんな首を横に振った。すべて空振りだ。

和子さんの本棚から作家の候補を絞り、二十六年前からの三年間、読まれた可能性のある本をすべて探し出したつもりなのに、そこには大当たりの献立は載っていなかった。まだどこかに見落としている本があるにちがいない。生徒にそう言い、駒子も自分を奮い立たせたけれど、フロアでも書庫でも何度となく途方に暮れた。取りこぼしの本が見つからない。

針谷に現状を伝えると、彼は推理の穴を気にした。絞った作家や候補の本に抜けがあるのか。もっと範囲を広げるべきなのか。答えの出ないまま日中はそれぞれの仕事に励む。放課後になると図書館には委員の生徒がやってきた。調べた本の中に見落としがあったのかもしれないので、担当を替えて持ち帰り、再度チェックするのだと言う。

中には調べているうちに読みふけり、ものすごく面白かったと興奮する子もいた。『優しい密室』や『ホワイトアウト』の評価はうなぎ登りだ。

駒子はフロアにあった浅田次郎や宮部みゆきの未読本を借りて帰った。

夕飯後に自室で読みふけっていると針谷から電話があった。希美と同じマンションに住むユーカリ書店同僚の岡林に、針谷は春雨本の探索について話していたそうだ。

最初はきょとんとするだけの岡林だったが、今日の夕方、針谷がバックヤードで作業をしているところにやってきた。春雨に心当たりはないが、本のことならばと切り出した。

希美が家を出るほんの数日前のこと。制服姿の希美を見つけて岡林が挨拶すると、笑顔で歩み寄ってきて、いきなり本の話を始めたと言う。以前、中田永一《なかたえいいち》の『くちびるに歌を』がとてもよかったと言う希美に、岡林は「中田永一」と「乙一《おついち》」が同一人物だと教えたことがある。希美はとても驚き、なかなか信じてくれなかった。そのときのやりとりを懐かしそうに語るので、岡林は戸惑いつつも「今は公然の秘密みたいね」と微笑みで応じた。

その数日後、希美は家を出て児童相談所に保護された。岡林のあずかり知らないところに行ってしまった。最後に言葉を交わしたのは週明けの月曜日だったが、本の話をしたのはさらにその数日前になる。

電話口で針谷が言う。

「岡林さんの話を聞いて思ったのですが、箕島さんが問題の本を見つけたのは、児童相談所に行く前の週の金曜日でしたね。岡林さんが会ったのはその日の夕方だったと思うんです。つまり学校で本を見つけた直後。岡林さんにとってはいきなりの話題でも、彼女には自分の頭の中にある一番ホットな話題だったのではないかと」

「待ってください。でしたら、中田永一さんや『くちびるに歌を』が春雨の献立に関係しているんですか」

思わず勢い込んで駒子が言うと、針谷が少し間を空けてから落ち着いた口調で答える。

「別名義ですよ」

「は？」

「中田永一は乙一の別名義。箕島さんがやっと見つけた本も、そういったベストセラー作家が別名義で出した本だったのではないでしょうか」

朝からずっと駒子は見落としを気にしていた。作家の見落とし、作品の見落とし、文章の見落とし。そこに突然現れた盲点だ。

「針谷さんが絞ってくれた作家さんの中に、別名義で本を出している人がいると？」

「おそらく箕島さんにとって、馴染みの薄い作家さんが多かったのでしょうね。ひとりずつネットでプロフィールを調べて気付いた。ぼくはなまじ知識があったので、作品の方にばかり意識がいってました」

「私もです。だったらあの六人の中に別名義を持っている人って……」

「栗本薫さんですよ。中島《なかじま》梓《あずさ》名義で、書評やエッセイを手がけています」

「中島梓」

初めて耳にする名前ではない。それこそ知識として、言われればそうかと思うくらいのものはある。でも、結びつけることはできなかった。

「痛恨のミスです」

駒子の言葉に針谷も同意する。

「まったくですよ。そんな我々に、箕島さんはちゃんとヒントを残してくれた。星川さん、もう一度探してください。どこかにきっと当たりがあるはずです」

ハイと元気よく答えようとして、声が少し湿ってしまった。

家を出なくてはならないほど追い詰められているときに、彼女は学校の図書館で探し求める本にたどり着いた。その喜びや達成感はおそらくとても大きくて、制服姿の帰り道、近所の人に笑顔で話しかけることもできた。

つかの間の喜びでもいいのではないかと駒子は思う。ほんのわずかな気休めでも、つらい現実を忘れさせてくれる何かは、ないよりあった方がいい。そしてそれは失われていないのだから。いつでも、どんなときでも、彼女に寄り添ってくれる。一生ものの友でいてくれる。

できることならリアルな友だちも、本のような間柄でいてくれればと、駒子は思わずにいられない。

翌日の午前中、駒子は心して書庫の探索にあたった。著者名は中島梓。しばらくして二冊が見つかった。一冊は木《き》田《だ》恵《けい》子《こ》との共著である『名探偵は精神分析がお好き』、もう一冊は『息子に夢中』の文庫だ。

休み時間になるのを待って、駒子は和子さんの孫である綾音の教室に行き、和子さんの子どもについて尋ねた。

「おばあちゃんの子どもは娘ふたりです。私のお母さんと、お母さんのお姉さんで、今は千葉に住んでいるおばさん」

息子はいないそうだ。夢中になれる息子がいない点で、和子さんには当てはまらなかった本を、駒子は大急ぎで図書館に戻りせっせとめくった。中ほどの一九五ページ、遊びに来た友だち親子に、春雨づくしの献立をふるまったエピソードが語られていた。

メニューは、「春雨サラダ」「春雨と白菜と肉団子のスープ」「麻婆春雨」「菊花あげ（マッシュポテトに春雨をつけてあげる）」「レタス包み（あげたビーフンとエビ、トリのミンチのいためをレタスに包んでたべる）」とある。

この本だ。まちがいない。

二十数年前、トヨ高の本棚に置かれ、読書会のメンバーになった和子さんが読んだ本。そして今年の七月、図書委員の生徒が依頼を受けて見つけ出した本。

もうすぐ昼休みになる。見つかるだろうかと気を揉む図書委員たちだけでなく、ついさっき、何かわかったんですかと興奮していた綾音もやってくるかもしれない。「あったよ！」と言えば、どんなに喜んでくれるか。想像するだけで駒子の目は早くも潤んでしまう。

綾音は張り切って料理の試作に取りかかるにちがいない。委員の子たちに試食の機会を設けてくれるだろうか。この図書館を利用してくれた和子さんは、孫娘やその友だちを空の上から見守ってくれるのではないか。

昼休みになる前に針谷に、問題の本が『息子に夢中』であったこと、春雨づくしの献立が書かれていたことを、駒子はお礼の言葉と共にＬＩＮＥで報告した。針谷からは電話をしてもいいかと返事があったので、ＯＫスタンプを送る。間もなくかかってきた電話を、駒子は図書準備室で受けた。

よかったですね、ホッとしました、そんなやりとりのあと彼はこう言った。

「以前、星川さんはいろんな学校を経験して、同じ年齢であっても家庭環境によってこんなにちがうのかと、やりきれなくなると話してくれました。本人にはどうにもならないところで生じる格差を、学校関係者は目の当たりにするんですね」

無言のまま駒子はうなずく。希美にかぎった話ではない。赴任校はまだ三つだが、最初の赴任校である工業高校には金銭的に厳しい家庭の子が珍しくなく、その子のバイト収入が一家を支えているケースもあった。けれど二校目は新進気鋭の進学校で、経済的な安定はもとより、家族仲の良い健やかな家庭で育つ生徒が多かった。恵まれている子と、そうでない子。生徒たちに選びようもない。持って生まれた環境のもと、自分の心ひとつで、生きていくしかない。

「ぼくはその話を折に触れて思い出します。そして、伸ばした誰かの指先に、届いてほしいと願いながら本を並べています。本から得られるものは無限であり、それは誰にとっても平等だと思うので。というか、そう信じていたいので」

駒子は針谷の言葉に耳を傾けながら図書館フロアを見つめる。この世の矛盾も残酷さもずるさも汚さも詰まっている本が棚に並んでいる。優しさも慈しみも誠実さも温かさもちりばめられた本も並んでいる。

どう読むのかは本人次第。それは、「どう生きるかは本人次第」という言葉に似ているけれど、本の方が自由度が高いのではないだろうか。

息子がいなくても『息子に夢中』を読み、二十年以上経っても和子さんは懐かしく思い出して孫娘に語った。そもそもなぜ高校の図書館に「息子うんぬん」をタイトルに掲げた本があるのか。何代か前の司書が栗本薫のファンだったのか。それとも先生や生徒からリクエストされたのか。書庫に残ったのは近隣の図書館にはないという資料的価値のためと考えられる。

いずれにせよ、置く自由と読む自由はあったのだ。二十数年経ち、謎にときめく自由も、夢中になって探す自由もあったと思いたい。それが、持って生まれたひとりひとりの心の翼を、少しでも強いものにしてくれたなら。

いつかもっと広い空を飛べるようになるのではないか。

駒子は顔を上げる。視線の先にあるのは天井だけど、突き抜けて青い空が見える気がする。

自分も願いながら本を並べよう。

「もしもし星川さん。どうかしましたか」

「いえその、今いろいろ思ったのですが。言葉にしづらくて。今度またゆっくり聞いてください」

「もちろん。ぜひ聞かせてください」

「だったらまたお得な『ちょい飲みセット』をつまみながら」

「他にもお勧めの店を紹介しますよ」

それは楽しみだ。もしかしたら春雨のメニューが食べられるのかもしれない。

天井の向こうの空に、噛みごたえのある緑豆春雨がするすると舞い上がっていく。

本書は「小説推理」二〇二二年三月号～二〇二二年十二月号に
連載された同名作品に加筆修正したものです。

大崎 梢●おおさき　こずえ

東京都生まれ。元書店員。2006年『配達あかずきん』でデビュー。『サイン会はいかが？』『平台がおまちかね』など書店や出版社を舞台にしたシリーズを多数描く。他の著作に『クローバー・レイン』『忘れ物が届きます』『本バスめぐりん。』『もしかして ひょっとして』『バスクル新宿』などがある。

27000冊《さつ》ガーデン

2023年4月22日　第1刷発行

著　者―― 大崎《おおさき》 梢《こずえ》

発行者―― 箕浦克史

発行所―― 株式会社双葉社

東京都新宿区東五軒町3-28　郵便番号162-8540
電話03(5261)4818〔営業部〕
03(5261)4833〔編集部〕
http://www.futabasha.co.jp/
（双葉社の書籍・コミック・ムックが買えます）

DTP製版―株式会社ビーワークス

印刷所―― 大日本印刷株式会社

製本所―― 株式会社若林製本工場

カバー印刷―― 株式会社大熊整美堂

ISBN978-4-575-24622-3　C0093

君に光射す

小野寺史宜

夜勤の警備員として他人と深く関わらずに生きようとしたけれど、ある出会いが立ち止まっていた僕を動かす。ひとりで頑張ってしまう人への応援歌！

四六判並製